KB185636

# 새로운 무대

## - Turning point

# 새로운 무대

## Turning point

박명순 에세이

문학시티

# 회상의 시간

마음이 지칠 때 지난 시간을 회상해 본다.
가장 활기찼던 젊음의 계절, 그 날들이 돌아온 듯,
두 손 높이 들고 힘차게 율동을 한다. 기쁨의 날들이
있었음으로 오늘의 내가 존재하며 삶의 의미를 갖는다.
힘차게 걷고 힘차게 건강한 웃음을 날리자.

숲길을 걸으며 나무들과 정다운 이야기를 나누었다.
숲들의 합창이 바람과 함께 안겨오며. 모든 생명체들도
기쁨의 순간을 함께 해 주었다. 많은 이야기로
꽃을 피우며 사계절의 시간을 보냈다.

열려있는 길을 여행하듯 천천히 걸으면서
꿈, 사랑, 기쁨, 슬픔, 그 영상들을 마음에 담고
인내하며 지난 시간 들이었다, 평범하지만 정겹고
애틋한 마음이 녹아있는 풍경화처럼…
아름다운 순간들이 살아가는 힘이 된 것이라 믿는다.

희노애락을 풀어놓으며 많은 이야기를 담으면서
지금 이 시간에도 캔버스에 계속 채색을 하고 있다.
모든 것을 있는 그대로 펼치며 삶을 담을 것이다.
아직도 현재 진행 중이다.

오늘의 나를 존재하게 하며 건전한 삶을
보내게 해주신 분께 깊이 감사드린다.

2024년을 보내며
朴 明 淳

차 례 •••

# 2. 사계절의 찬가

차 례 •••

## 3. 눈꽃 나무

# 4. 계절의 품격

차 례 •••

## 5. 새해의 소망

제1부

# 모과꽃 향기

긍정의 에너지를 믿고 그로 인해 평범한 일상이
'감사합니다.'라는 기쁨으로 충만한,
기분 좋은 하루를 열어줄 것이라 믿는다.

만남이 있으면 헤어짐도 있다.
이별은 마음 한 곳을 하얗게 지워주며
그 여백이 오래도록 남는다.
나뭇잎이 떨어지면 그 자리가 비어있듯이.
하지만 만남과 이별의 순간을 통해
우리는 한결 성숙해지고 있다.

# 오월의 노래

오월의 햇살이 눈부시다.

봄빛이 내려앉은 공원에는 파릇한 풀 향기가 가득하다. 나무들은 점점 초록빛이 더욱 짙어졌다. 숲속에 마술사가 지나간 듯 색의 변신을 가져왔다.

우주는 생명 세계에 우호적이다. 모든 생명체가 사랑의 견고한 끈으로 연결되어 있는 듯 정스럽다. 자라면서 번식으로 생명을 이어가고 숲을 이루는 것 같다. 푸르름이 안겨주는 산듯한 숲의 산소를 마시며 작은 소리로 숲과 이야기를 나누었다.

산책로의 오솔길을 걸어오며 노래를 하는 꼬마가 보였다. 예쁜 원피스를 입은 너댓 살 정도의 어린 소녀가 웅얼거리는 언어들이 귀엽기만 하다. 옆 벤치에 와서 웃으며 바라본다. 웃음 띤 모습에 나도 저절로 함박꽃처럼 웃음이 피었다. 이심전심! 꼬마의 마음에 내 마음이 전해졌는가 보다. 작은 손을 머리에 얹으며 율동도 보여주며 까르르 웃는 참 귀여운 아가이다. 꼬마 소녀 아이를 바라보면서 잊어버렸던 옛일들이 안개속처럼 아련히 떠오르며 생기가 났다. 아지랑이가 피어오르듯 옛일들이 그려지며 순간 먼 길을 가고 있었다.

해맑은 아이의 얼굴 위로 찰랑거리며 강물이 흐른다. 샛강으로 잔잔히 흐르는 강물 소리가 들렸다. 작은 새의 지저귐처럼 조그맣게 울려온다.

얼마 전에 있었던 일처럼 잊히지도 않고 맑은 시냇가의 일들이 그려졌다. 하얀 모래사장이 강물따라 길게 펼쳐있고 사이사이로 가느다란 물줄기가 흐르는 샛강! 한낮의 햇살은 온몸을 감싸 안으며 모래밭으로 손짓한다.

하얀 모래밭으로 아장아장 걸어가며 주저앉아서 모래성을 쌓기도 한다. 어린아이가 모래밭으로 넘어질 듯 뛰어가고 있다. 노래를 부르던 꼬마도 팔랑거리며 샛강으로 가고 있다.

"조심해라, 아가야." 할머니의 잔잔한 음성이 강물따라 흐른다.

조금전 걸어온 황톳길에는 길 따라 줄 서 있는 키 큰 미루나무들이 두 사람을 지긋이 바라보고 있다. 한가로운 봄날 할머니의 고향 마을로 가는 마을 입구에 졸졸 흐르던 샛강의 모습.

초여름 따듯한 햇빛을 받으며 고향 마을로 가는 할머니와 어린 손녀의 풍경이다. 서울에서 기차를 타고 어느 곳에서인지 또 탈탈거리는 버스를 갈아타고 할머니 손을 꼭 쥐고 나들이를 갔다.

처음으로 멀리 가는 여행이었다. 엄마가 만들어준 예쁜 원피스를 입고 팔랑거리며 걸어갔다. 다리가 아프면 할머니가 등에 업어 주며 토닥여 주셨다. 할머니는 어린 손녀가 마냥 예쁘기만 했다.

샛강은 물이 발목에 올 정도로 얕았다. 바위에 앉아 버선을 벗으며 할머니는 지긋이 바라보았다. "조심해라." 그 말이 전부였다. 혼자되신 할머니는 늘 푸르스름한 연옥색 한복을 단정하게 입고 계셨다. 버선을 벗은 할머니의 유난히 하얀 발이 오래도록 기억에 남았다.

냇가에 내려앉은 수양버들이 찰랑거리며 바람에 흔들렸다. 물에 잠겨 수줍은 듯 온몸을 흔들거렸고 검정 물잠자리가 날아와 앉았다. 신기한 꼬마는 잠자리를 잡으려다 물에 첨벙 넘어졌다. 아련한 그 추억의 그림은 지워지지 않고 옛날 영화를 보듯 가끔 흐르고 있다. 오십 대의 청아한 할머니 모습도 냇가에서 웃고 계셨다. 6·25 사변이 나기 전 해였는데~.

노래를 부르던 꼬마가 내 앞으로 와서 손을 흔든다. 한동안 바라보며 웃고 있는 모습에 애정이 갔을까. 머리를 쓰다듬으며 활짝 웃었는데 마음에 눈물이 고였다.

오월은 가정의 달! 어린 아이들을 보면 저절로 웃음꽃이 핀다. 만지고 싶어도 참으며 웃음만 보내는 요즘. TV화면에 나오는 아기의 환한 웃음! 나도 따라 웃으며 사랑스런 아기가 된다. 나라의 보배인 아기들이 귀한 요즈음, 산책길에 만나는 어린 꼬마들이 파릇파릇 자라나는 풀꽃들처럼 보이며 사랑스럽다.

봄은 생명과 희망과 환희를 안겨준다. 파릇한 잎들을 보며 우리 인간의 생명체를 연상하게 된다. 풀밭에서 움트며 자라는 작은 풀들이 꽃을 피우고 씨앗을 만들고 번식을 한다. 그 여린 새싹들은 우리 인간 세상에서처럼 우리에게 기쁨과 환희와 희망을 갖게한다. 많은 사람들이 웃으며 떠들법석한 사회, 생동력이 있는 번화한 세상이 되기를 바라는 마음이다.

# 나무들의 숨 고르기

맑은 소리를 내며 개울물이 흐르고 있다.

작은 돌들이 모인 돌담 위를 지나는 소리가 청아하고 정겹게 들린다. 아침 햇살은 큰 나뭇가지 사이를 지나 물 위로 내려앉았다.

다리 난간에 기대어 바라보는 마음도 맑게 흘러가고 있다. 아주 조그마한 실개천인데 마치 큰 곳처럼 운치가 있다. 아름드리 나무들이 서로 마주 보며 어우러져 만든 숲터널, 그곳으로 물은 조용히 노래를 들려주듯 지나가고 있다.

난폭하게 소란을 피며 흘러가던 흙탕물의 흔적은 아무 곳에서도 찾아볼 수 없다. 후드득 후드득 마디 부러지는 소리를 내며 내달리던 바람 소리도 멎은 시간. 세찬 바람이 지나며 나뭇가지를 훑고 지나가는 소리도 이제 들리지 않는다.

다리를 건너 녹색이 깊게 물든 숲을 바라보며 걸었다. 오랜 세월을 품고 있는 키 큰 나무들이 시원스럽게 보인다. 작은 잎들이 무성한 한 아름이 넘는 느티나무 옆에는 은행나무도 있다. 푸른 열매를 가득 달고 있다. 아직은 초록빛이지만 곧 다른 색의 옷으로 갈아입을 것이다.

몇 걸음 걸어가면 보슬한 털옷을 입은 밤송이들이 서로 몸을 부비며 바라보고 있다. 만져보고 싶은 느낌이 든다. 이제 시간이 지나면 까칠하게 몸을 도사리고 근접을 막을 그들, 바라만 보아도 어여쁘다. 나무 옆을 지날 때마다 바람에 흔들리는 나뭇잎 소리가 무슨 얘긴가를 하는 것처럼 살갑게 들린다.

다복하게 열매가 달린 커다란 은행나무가 또 한 그루 서 있다. 큰 호두나무도 있고, 모두 저렇게 튼실한 나무가 되기까지 얼마나 많은 사계절을 보듬고 살았을까. 검고 단단한 옹이들과 두터워진 표피에서 그들이 안고 있는 인고의 세월을 보았다. 높은 키의 나무들을 올려다보며 잠시 생각이 머무른다. 그들은 비바람에 부대끼며 강인하고 영원한 삶을 꿈꿀 것이다. 맑고 푸른 하늘이 답을 주듯 시원한 바람을 보내주었다.

서로 공존하며 숲을 이루고 있는 나무들, 지금도 그들은 숨고르기를 하고 있다. 자기의 가족을 거느리고 결실을 위해 심호흡을 하며 진지하게 시간을 엮어가고 있다. 너무 조급해도 안 되고 너무 늦어도 안 되는, 시간을 아우르는 인내와 지혜를 터득한 그들은 생명들이 잘 영글기 위해 조용히 숨 고르기를 하고 있을 것이다.

나무들과 마음속 깊이 접어둔 언어들을 나누면서 천천히 걸었다. 그들이 환호하며 사인을 보내면 기분이 좋아진다. 가을과 겨울 곧 다가올 계절을 염두에 두고 그들도 갈아입을 옷가지를 준비하며 조금씩 변화하는 모습을 보여주었다.

새로운 이름을 걸어놓은 카페 앞에 섰다. 바람이 분다. 분홍 꽃을 가득 안고 있는 자귀나무가 큰 몸을 흔들며 웃음을 보낸다. 여기에 이렇게 큰 나무가 있었던가. 웃음이 순식간에 온몸으로 번져 끌리듯 가까이 다가갔다. 희미한 영상이 안개처럼 스쳐 지나갔다.

여름에 '자연과 문학과 삶'의 소통을 위해 회원들과 산막이 옛길을 걸었다. 여러 곳에서 뿌리를 내리고 있는 우리의 가족들이 함께 걸으며 결속을 다진 시간들이다. 나무들은 큰 숲을 이루며 계속 호수 옆을 따라오고 있었다. 초록빛 낮은 산들, 우리는 그들 품에 안겨 숲과 더불어 숨고르기를 했다. 나무들이 이루고 있는 일생과 사람들이 가고 있는 삶은 한 길이라고 생각한다. 밝은 햇빛도 필요하고 서로 보듬고 지켜주며 미래를 향해 가고 있는 강한 생명력을 지닌 개체, 그러기에 푸른 숲은 사람들과 공존하며 한 가족을 이루고 있는 큰 공동체이다.

아직도 물은 계속 청아한 소리를 들려주며 흐르고 있다. 나무들은 다정하게 어깨동무를 하고 지긋이 바라보고 있다. 서로 마주 보며 만들어 주는 개울이 있는 숲길. 눈에 익어서일까, 시골 어디에선가 걸어본 길 같기도 하고 친근감이 있는 작은 물길이다. 그림 속의 영상을 떠올리며 천천히 걸었다.

자신을 위로하고 싶을 때, 자아를 찾아 마음의 평화를 원할 때 고즈넉한 산책길에서 나무들과 함께 숨 고르기를 한다. 잠시 쉼표를 찍고 자연이 들려주는 이야기에 귀를 기울이며 여유를 갖는다.

# 해넘이에서 해돋이로

한해의 끝 12월은 1년 중에 가장 화려한 달이라는 생각을 한다. 보낸다는 아쉬움, 헤어진다는 아쉬움, 그래서 더 화려한 불꽃을 사르며 거리는 형형색색으로 물들여지고 있다.

하루의 바쁜 일들이 끝나며 서서히 어둠이 찾아온다. 해질 무렵 서편 하늘은 늘 오렌지 향기를 날리며 붉게 물든다. 마음도 함께 물들여진다. 해넘이는 마지막 열정을 태우듯 강렬하고 신비스럽다. 강렬함 뒤에 남는 일몰은 너무 쓸쓸하다.

지평선 아래로 붉은 해가 숨어버리는 순간 잠시 숨이 멎을 것 같은 적막감이 밀려온다. 어둠이 내린 마을은 이제 다른 세상을 만들며 밤의 열기로 덮여지고 있다. 거리마다 모든 현란한 불빛이 새벽을 향해 달리고 있다.

하루가 지고 또 다른 하루를 기다린다는 생각이 들자 불현듯 기다림에 대한 애틋한 마음과 오늘이라는 시간에 아쉬움이 남는다. 뿌옇게 밝아오는 하늘을 기다리며 내일의 밝은 창을 열 것이다.

밤새 어느 곳으로 여행을 했는지, 태양은 아무런 일도 없었던 것처럼 창조를 잉태한 여명의 아침을 가르고 새벽 높이 떠올랐다. 우리 모두에게 희망으로 찾아왔다. 밝은 빛을 쏟아 내리며 활기차고 건강한 생명력을 가동시켰다. 온갖 생명체들이 일어나 어우러지며 우리의 일상으로 스며들어 거리를 활보했다.

태양은 생명의 보금자리인 숲을 품에 안고 빛을 펼쳤다. 붉은 빛은 하늘을 물들이고 꽃들에게 화려함을 선물했다. 꽃들의 웃음이 바람에 실려 온 듯 옅은 꽃향기가 주변을 맴돈다.

유리창 너머로 보시시한 색을 입은 장미꽃에 눈길이 머문다. 변신하는 젊은이들처럼 꽃들의 색상도 많이 바뀌었다. 고운 꽃들과 창문 너머 눈 맞춤하며 웃음을 나누었다. 작은 속삭임이 들린다.

'오늘의 주인~'

꽃송이들을 가슴에 안고 거리로 나왔다. 날개를 단 듯 발걸음이 가볍다. 꽃은 우리의 생활에 크고 작은 희망과 즐거움을 선물로 준다. 사람들에게 웃음과 행복을 선사하여 생활에 큰 활력소가 되기도 하며 휴식을 주기도 한다. 생각이 머무르며 잠시 샛길을 걷는다.

행복이란 말처럼 쉽게 불려지는 이름은 없을 게다. 누구나 그에게 기대어 보고 싶고 소망을 담아 가까이 하기를 원하는 이름이다.

정유년의 해넘이를 배웅하며 무술년의 해돋이 앞에 섰다. 십여 년 달려온 문학미디어 역사를 돌아보았다. 무수한 발자국들이 길게 줄을 지어 힘차게 걸어온다. 눈이 부시다. 찬란한 빛이 문학미디어를 품에 안고 높이 떠오른다. 큰 활자들이 하늘에 가득 펼쳐졌다. 그들을 바라보며 한 해의 소망을 실어 보냈다.

문학미디어에서의 만남을 사랑으로 키우고, 문학인으로서 크게 성장하기를 바라는 마음이다. 단단하고 꿋꿋하게 다져가며 서로에게 큰 활력이 되고 아름다운 꿈을 갖게 하는 인연으로 남기를 바란다.

'더불어 살고 더불어 기뻐하고 더불어 슬퍼함이 곧 인생의 모든 도의 근본이며 올바른 길'이란 글이 떠오른다.

문학미디어의 텃밭에 심어진 소중한 나무들이 서로 더불어 풍요롭게 가꾸어 나가며 큰 숲을 이루기를 희망한다.

# 청보리밭의 자유

앞산에 뽀얗게 아카시아 꽃송이들이 피어나며 은은한 향기를 보내준다.

바람에 실려 오는 꽃내음이 향기롭다. 오월의 세상, 푸르름이 가득 채워주며 싱긋 웃음을 짓게 한다.

차의 속력이 질주하며 가지각색의 초록빛 가족이 모든 곳에 녹색을 입히며 따라온다. 함께 달렸다. 오늘은 어느 곳에서 모여 큰 잔치를 하는 것일까. 푸른 숲과 넓은 들판을 지났다. 작은 오솔길이 잔잔히 흐르는 강줄기를 따라 강물이 되어 흘러갔다. 물 위로 햇살이 내려와 눈이 부셨다.

출렁이는 초록 물결, 파란 하늘이 열리며 오월의 햇살이 정겹게 들녘에 내려앉았다. 광활한 들판에서 바람과 청보리가 어우러져 자유를 누리고 있다. 바람따라 파도처럼 물결 지며 달려온다. 마음이 열리며 금세 젊음이 찾아온 듯 신바람이 났다. 많은 사람들이 울긋불긋 화려한 옷을 입고 초록 밭 사잇길로 걸어가며 꽃을 피웠다. 그곳엔 어른도 어린이도 아기처럼 환호성을 지르며 끌어안고 행복에 젖어있다. 꿈과 희망이 가득 초록 밭에 씨를 뿌리고 있다. 녹색의 보리밭은 언제보아도 좋다. 보리밭을 보면 젊은이처럼 가슴이 뛴다.

풋풋한 청보리들을 보듬어 가슴에 안았다. 싱그러운 내음이 진하게 울리며 문득 어릴적 추억을 돌아보게 했다. 6·25 전쟁, 서울에서 충청도 문중 시골마을로 피난을 갔던 어린 시절이 떠오른다. 전시의 그때 광경이 지워지지 않고 어른이 되어서도 계속 오랫동안 꿈속에서 나타났다. 그만큼 크게 트라우마로 남아 있었기 때문일 거라는 생각이 든다. 가는 길은 힘들었지만 도착한 곳은 전쟁과는 거리가 먼 것처럼 초록빛이 가득한 평화롭고 정겨운 작은 마을이었다.

어린 마음이라 그랬을까. 모든 것이 신기하고 새로운 세상이었다. 도시에서는 볼 수 없었던 신비스런 일들이 매일 눈앞에서 펼쳐졌다. 낮은 언덕에서 내려다 본 넓게 펼쳐진 들녘, 이곳 고창의 청보리밭과 비교할 수 없는 아주 작은 들판이었을 텐데 꼬마의 눈에 보이는 푸른 세상은 대단했고 엄청나게 넓었다. 그때도 바람은 지금처럼 보리밭을 어루만지며 물결을 만들었다. 쓰러지듯 기울었다가 다시 일어서는 모습을 신기하게 바라보며 키만큼 자란 푸른 밭 사이를 달리며 놀았다.

동네 어른들이 캐내고 있던 감자밭. 수숫대에 매달려 고개를 숙인 채 줄지어 서있는 붉은 수수밭, 하늘과 어우러진 모습은 참 신비스러웠다. 긴 잎들이 바람에 흔들리며 춤추듯 보여주던 들녘 풍경이었다. 옅은 색의 꽃들이 얼굴을 부비며 피어 있는 목화밭, 파릇한 작은 열매도, 함께 있던 어린 꼬마들의 재잘거림도 어렴풋이 들려오는 듯하다.

그 해의 봄과 여름, 가을이 늘 생생하게 떠오른다. 아직도 얼마 전의 일들처럼 모든 것이 눈에 어리며 마음에 잔잔한 파도가 인다. 6·25를 겪으며 그곳에서 지낸 1년, 사계절의 농촌풍경은 인생의 정서적인 모든 것을 싹틔워 준 소중한 시간이었다.

하늘과 맞닿은 광활한 청보리밭을 보며 한동안 잊었던 옛 시간이 오래된 영화를 보듯 펼쳐졌다. 보리밭은 낭만만이 있는 곳은 아니다. 한국전쟁을 전후해서 모두 얼마나 많이 힘들고 고생을 했던가. 보릿고개라는 말이 오랫동안 우리의 생활 속에 남아있었다. 한하운의 보리밭이 아니더라도 가곡의 보리밭이 아니라도 많은 애환이 깃든 곳이다.

청보리밭의 물결이 밀려온다. 세찬 바람이 한차례 끌어안고 지나갔다. 잠시 바람도 멎었다. 보리밭 물결이 이제 힘센 손길에 떠밀려 쓰러지고 있다. 사람들의 감성이 열정으로 넘쳐 폭군처럼 느껴졌다. '들어가지 마세요.' 팻말은 누워서 하늘만 바라보고 있다. 밭의 이곳저곳에서 기울어진 보리들의 함성이 들리는 듯하다. '우리는 이제 힘이 없어요.' 밟히고 밀쳐진 힘없는 그들, 다시 일으키면 건강하게 자랄 수 있을까.

자연은 넉넉한 품으로 모든 것을 끌어안고 풍요로운 삶을 보듬어 안는다. 제각기 품성대로 색의 자유로움을 누리며 개성 있는 자기의 모습대로 살아가고 있다. 마음을 차분하게 해주는 초록빛, 그 색채처럼 아름답고 고운 세상, 평화로운 세상이 펼쳐질 것이라고 믿는다.

이제 다음 계절, 열정적인 여름을 맞이하러 길을 떠나려 한다.

# 화엄사 계곡

오랜만에 섬진강을 찾았다.

우거진 숲사이로 유유히 흐르는 강줄기가 보인다. 몇 년 전에 섬진강 작가를 찾아 인터뷰를 하며 처음 섬진강과 만났었다. 섬진강 강물을 바라보며 옛생각이 흐른다.

어릴적에는 섬진강이란 낱말이 마음에 깊게 담기며 아련한 생각이 들어 동시도 써본 적이 있다. 섬진강이란 단어가 애틋하게 느껴지며 많은 상상을 하던 때도 있었다. 몇십 년이 흐른 후 어른이 되어 첫 나들이를 했을 때 설레이던 마음에 긴장하기도 했다.

산길을 오르며 울적하게 가라앉아 웃음이 멀어졌다. 친구들의 밝은 웃음이 하늘로 날아간다. 낙엽을 밟으며 초가을의 정취를 마음에 담고 심호흡을 하면서 깊게 쌓여있는 우울은 밖으로 쏟아내었다.

우리는 함께 길가 작은 주막에 서서 튀김 인삼 한 뿌리를 먹으며 즐거운 마음으로 산길을 내려왔다. 산수유 막걸리 한잔으로 목을 적셨다. 연분홍빛의 한잔 술에 마음이 부드럽게 퍼졌다.

마을 입구에 있는 기와집 돌담 사이로 달리아 꽃이 활짝 피어있다. 문득 할머니 모습이 떠오른다. 옛날 초등학교 시절 할머니께서는 마당에 철따라 많은 꽃을 가꾸셨다. 그 가운데 달리아 꽃이 항상 곱게 피어있었다. 꽃을 좋아하셔서 여러 가지 많은 꽃이 정원에 가득 피었었다. 지금의 나보다도 더 젊으셨던 우리 할머니 웃으시는 모습이 떠오른다. 할머니의 그 모습을 보고 자라서인지 나도 꽃을 좋아하며 많이 가꾸고 화초를 사랑한다.

도토리묵과 술 한잔에 갈증을 삭이며 산길을 내려오면서 오늘의 산행 지리산에 마음을 풀어본다. 붉게 물든 가을이 산자락에서 우리의 마음을 설레게도 한다.

계곡에는 붉은 옷을 입은 단풍이 내려앉아 있다. 계곡의 낮은 바위에 앉아 흐르는 물 위로 붉은 잎들이 그려주는 그림을 무심히 바라보았다. 이제 곱게 물들여지고 있는 가을을 물 위에 담그며 많은 생각에 잠겼다.

아~ 곱게 물든 가을산!

여치 한 마리가 옆으로 푸르르 날아왔다. 모여 앉은 사람들 사이로 이곳저곳을 기웃거리는 듯 하더니 내 어깨 위로 날아와 앉았다. 둥지를 튼 듯 오래 동안 가만히 붙어있다.

내가 저를 아끼는 마음을 아는지 움직여도 한동안 그림자처럼 붙어있다. 신기했다. 물가로 가려고 일어서자 날개를 펼치며 멀리 날아간다. 날개가 햇빛에 반사되며 말갛게 초록빛이 비쳐 보였다. 안녕! 손을 흔들며 서운한 마음이 들었다. 물가로 가서 맑은 물에 손을 담갔다. 시원한 느낌이 온몸으로 전해진다. 작은 물고기들이 몸을 피하며 바위 곁으로 숨어든다.

도토리묵과 녹두전을 먹으며 친구들과 덕담을 나누기도 하고 해질녘 그곳을 떠났다.

고속도로를 달리는 버스, 해는 빛을 잃어가며 멀리 모습을 감추고 있다. 어둠이 숨어드는 조용한 농촌 마을이 지나간다. 누렇게 익은 논의 풍경이 한가롭게 펼쳐졌다. 가을은 황금빛으로 곱게 익어갔다.

10월의 가을은 아직 따듯하다. 며칠 후면 찬바람이 불어와 쌀쌀한 계절이 찾아올 것이다. 마음이 자꾸만 우울의 늪으로 깊게 빠져든다.

갑자기 왜 밋밋한 가을의 단상이 떠오를까. 오랜만에 친구들과 회포를 풀며 함께한 나들이에 많은 영상을 담아본다.

# 가장 소중한 것

## - 긍정의 힘

3월은 봄의 시작이라지만 아직도 차가운 기온이다. 한낮의 햇볕은 포근하게 자연의 품에 숨어들며 대지 위의 모든 생명을 품어준다. 정초에 한 해의 계획을 조심스럽게 세웠는데 따뜻한 봄볕을 마주하니 또 다른 새로운 일들이 떠오른다. 조바심이 들어 다시 생각을 모아본다.

잔잔한 일부터 여러 가지 수많은 과제들, 그리고 이루고 싶은 일들이 TV 화면 아래 흐르는 작은 글자들처럼 주르륵 지나간다. 그 많은 것을 이루기 위해서 우선 무엇을 할까. 마음 안에 순위를 정하여 번호를 붙여 보았다. 작은 일일지라도 할 수 있다는 긍정적인 마인드 그를 믿으며 다짐한다. 긍정적인 사고는 늘 큰 힘을 실어준다.

자신에 대한 믿음과 의욕을 갖고, 소망하는 것을 간절히 원하면 이루어진다는 신념은 늘 변함이 없다. 수많은 쇳가루가 자석의 양극에 모이듯 마이너스가 아닌 플러스에 모든 힘을 모으면 단단한 하나의 큰 덩어리로 만들어진다. 계획한 일들이 다소 빗겨 간다고 해도 나머지 부분은 종교적 믿음으로 확신을 가지며 힘을 싣는다.

'뜻이 있는 곳에 길이 있다.' 이처럼 희망적인 좋은 명언이 있음을 늘 마음 안에 상기시킨다. 어떻게 하면 생각한 방향의 답을 쉽고 빠르게 얻을 수 있을까. 때론 낯선 곳에서 새롭고 다양한 것을 찾아 함께 공유하며 자신을 찾아보려 애쓰기도 한다. 낯설음에서도 버틸 수 있는 힘이 있어야 발전할 수 있다는 것을 터득한다.

감각적인 언어, 나는 할 수 있어! I CAN DO IT! 청소년들에게만 주입 시킬 말이 아니라 중년이나 노년의 길을 걸어가고 있는 시니어들에게 더 필요한 언어라고 생각한다. 매일 반복되는 일상적인 생활에 안주하며 생각이 울안에만 머무른다면 고여 있는 웅덩이의 물과 다를 게 없다. 변화하는 밖의 기류에 소외되지 말고 나의 소중한 것이 무엇인지 느끼며 생각해 보자. 용기와 할 수 있다는 자신감을 갖고 그 과제를 완수하려는 마음만 있으면 좀 더 생기 있고 능동적인 삶이 될 것이다.

우리는 자기 몫의 그릇을 가지고 있다. 같은 부피의 행복을 똑같이 나누어주어도 그릇 탓만 하며 제대로 담지 못하고 흘려버리는 사람이 있고, 자기 그릇에 가득 채우며 넘치는 행복을 이웃에게 나누어 주며 함께 기쁨을 나누는 사람도 있다. 불우한 그들의 삶에 희망을 주며 즐거움을 바라보고 행복감에 젖는 천사 같은 사람들의 삶은 바라만 보아도 즐겁다. 따라갈 수 없는 한계를 느끼며 가끔은 성악설과 성선설에 대하여 생각하게 된다.

반복적인 생각이나 말들을 입 밖으로 보내면 우주에 있는 같은 부류의 생각들이 함께 모여 그 에너지가 엄청난 힘을 보여준다고 한다. 우리가 예사로 하는 간단한 언어일지라도, 좋은 말과 고운 말을 하면 그대로 이루어진다는 이야기들을 지나가는 말처럼 생각하지 말자.

소리에서 나오는 파장과 에너지는 보이지 않는 힘이 있고 그 힘은 물리적 감성으로 변화시킨다. 서로가 기분이 좋아지는 상승작용을 한다. 무심히 나오는 말이지만 평소에 좋은 언어와 기분 좋은 마음을 갖는 습관을 들이면 표정도 밝아지게 된다. 따뜻함은 자연뿐 아니라 우리 앞에 놓여있는 모든 응어리와 매듭을 풀어주며 정겹고 애틋한 감정을 갖게 한다.

누구나 잠재적인 에너지를 가지고 있다. 내 안에 잠자고 있는 가장 소중한 것, 긍정의 힘을 모아 함께 외출을 하자. 마주치는 사람과 서로 바라보며 가볍게 웃음을 나누어 잔잔한 교감을 갖는 것도 활력소가 된다. 내 삶에 긍정적인 나무를 심고 매일 물을 주며 사랑하고 가꾸며 살찌우자.

깊게 숨어있는 긍정의 에너지를 믿고 지금부터 한 해의 끝날까지 힘을 키우며 신념을 갖자. 그로 인해 평범한 일상이 '감사합니다.'라는 기쁨으로 충만한, 기분 좋은 하루를 열어줄 것이라 믿는다.

# 모과꽃 향기

꽃들의 잔치가 연일 계속되었다. 피고 지며 떨어져 누워있는 꽃잎은 아쉬움을 남게 했다. 무엇이 못마땅해서인지 예쁜 모습을 보여주기도 전에 빠르게 떠났다.

자주 산책을 가는 작은 공원이 있다. 갖가지 나무들과 꽃들이 어우러져 있는 이곳은 어른들의 쉼터이기도 하다. 꽃이 져버린 산책길 옆으로 나무들은 숲을 이루며 반긴다. 가지마다 녹색빛이 짙어져 무성해진 잎들은 바람을 즐기며 시원한 그늘을 만들어 주고 있다. 풀섶의 여린 풀들도 꽃을 피우며 보일 듯 말 듯 번식을 위한 씨앗을 만들고 있다.

늦은 봄, 이때쯤이면 산책길을 더 자주 찾게 된다. 매년 눈여

겨보는 나무가 있다. 다른 나무들처럼 씩씩하지도 않고 멀쑥하니 키만 자라서 잎은 아래로 땅을 바라보고 있는 모과나무이다. 심은 지가 몇 해 되지 않은 듯 아직은 어린 소년 같다. 큰 나무들 사이에 어우러져 눈에 잘 띄지 않는데 요즘은 자기를 뚜렷하게 보여주는 특별한 존재로 사랑스런 분신을 자랑하고 있다. 은은한 향기에 걸음을 멈추었다.

모과나무에 꽃이 피었다. 여린 연분홍빛이 잎 사이에서 모습을 보였다. 모과꽃은 정말 예쁘고 사랑스럽다. 어느 때는 갸웃이 고개를 내밀고 바라보는 듯하다. 부끄러워 분홍빛으로 물든 수줍은 얼굴처럼 다소곳이 웃고 있다. 장미꽃이나 목단처럼 화려하지도 않고 있는 듯 없는 듯 가녀리고 조용하다. 어느 날 바람이 세차게 불면 조바심이 난다. 가지에서 떨어지지 말고 꼭 잡고 있으라며 바라본다.

'연분홍 치마가 봄바람에~'

왠지 이 노래가 연상된다. 작은 가지에서 분홍꽃이 한 송이씩 띄엄띄엄 피어있는 모습이 애잔하게 느껴진다. 사이좋게 짝을 이루지도 않고 외톨이로 피어있지만 이웃 형제들과 정다워 보인다. 때로는 가지 끝에 매달려 있는 볼록한 꽃봉오리가 이제 막 옹알이 하는 아기를 보는 듯하다. '유혹'이라는 꽃말처럼 정말 나를 끊임없이 유혹하고 있다.

나무에 달린 참외라 해서 목과木瓜라는 이름이 붙은 모과, 모과나무는 늙은 사람이 심어야 한다는 말이 있다. 젊은이가 심어 모과가 열리기 시작하면 그 사람에게 불운이 오게 된다는 이야기가 전해지기도 한다. 광택이 있고 아름다워 옛날부터 화류장을 만드는데 많이 쓰였으며, 놀부가 흥부 집에 가서 얻어가는 화초장도 모과나무로 만든 것이라 한다.

요즘 기후가 변덕이 심하다. 계절에 맞지 않게 눈비가 내리고 무덥다가도 찬 기운이 들고 이렇게 예기치 않는 날씨가 되며 종잡을 수가 없다. 사람들은 변덕스런 기온에 맞춰 옷이라도 적당히 입지만 과일 나무들은 온몸으로 버티며 계절을 이기고 있다. 좋은 결실을 바라기엔 너무 힘에 벅차다.

나무는 이제 초록색 열매를 키워가며 노란 옷으로 갈아입고 다음 계절을 맞이할 것이다. 지금은 잎들이 기운없어 보이지만 가을엔 모과나무가 유난히 생기 있고 힘차게 보인다. 탐스러운 열매들이 품안에 있어 신바람이 나는 것 같다. 그래서 더욱 씩씩한 모습으로 돋보인다. 어떻게 그 여린 꽃속에 우람한 자식들을 품고 있었을까. 아이들이 성장하며 모범생으로 학교생활과 사회생활을 할 때의 자랑스런 부모의 얼굴을 마주 보듯 잎들과 나무가 힘차고 당당하게 서있다. 가녀린 몸으로 비바람을 막아내며 꿋꿋하게 키워낸 모성애를 생각하게 된다.

노란 모과를 품에 안고 오는 날은 그 향기와 몸에 느껴지는 묵직한 체감이 마음을 따듯하게 해준다. 거실 가득 향기를 채워주며 뿌듯한 행복감을 갖게 한다. 못생긴 모양새가 예쁘게 보여 다정한 눈빛으로 보듬게 된다. 어느 곳과 비교할 수 없이 품위 있는 거실이 되어 차 한잔의 여유를 갖게 해주는 고마운 친구이다.

화폭에 담긴 정물화 속에서도 늘 주인공이 된다. 꽃과 어우러져 도자기 그릇에 우아하게 담겨있기도 한다. 풍요로운 자태를 뽐내듯 그림에서 빛을 발하고 있다. 바라보는 사람의 마음을 고향으로 떠나보내기도 하며 그리움을 갖게도 한다. 나무가 품고 있는 모과들을 보고 있으면 하늘이 열리고 보고 싶은 얼굴도 어렴풋이 지나간다. 사람들의 마음을 정화시키는 나무인 것 같다.

어린 시절 옆집에 키 큰 모과나무가 있었다. 해마다 늦가을이면 옆집에서 노랗게 익은 모과를 함지박에 담아 가지고 와서 할머니께 드렸다. 갈색 함지박 속에서 시선을 끌며 우리를 감탄케 했다. 선물을 받은 할머니는 흐뭇한 표정으로 백자항아리 가득 모과차를 정성스레 만드셨다. 겨울 감기에 우리들의 약이 되기도 했던 모과. 따뜻한 향기로운 차와 어린 시절 할머니 모습이 아련하게 물안개 되어 떠오른다.

시대의 흐름 때문인지 환경의 변화 때문인지 사람들의 얼굴이 세련되게 변하듯 요즘 모과의 자태는 예전처럼 자유분방하게 못생기지 않았다. 적당히 둥글며 매끈한 모양으로 변신하여 짙은 향기를 지니고 소담스럽다. 투박하고 울퉁불퉁하게 생긴 못난이 모과에 정감이 가기도 하고, 가을의 정취를 물씬 담고 사랑을 받는 귀한 존재임엔 틀림없다.

한낮의 따듯한 햇빛 아래 사랑하는 그들이 숨 쉬고 있는 길을 걸었다. 산책하는 날은 나무와 꽃과 많은 이야기를 나눈다. 같은 길인데도 어느 날은 그들이 새로운 느낌으로 다가온다. 특별한 마음이 되어 서로 교감이 오고 간다.

오롯이 피어있는 분홍빛 꽃을 바라보는 마음은 한없이 평온해진다. 가을이 깊어지면 노랗게 물든 모과를 만나볼 생각에 또 하나의 희망이 조용히 흐르는 잔물결처럼 펼쳐졌다.

# 만남과 이별

어느 해보다도 무더운 날들을 보낸 금년 여름. 언제 그런 날들이 있었던가 싶게 찬바람이 불고 있다. 기온과 기후가 조금씩 밀려가며 기후변동이 있다는 느낌이 들지만 사계절은 어김없이 찾아온다. 시간은 수십 년 수백 년 반복되며 우주의 변화와 역사를 품에 안고 함께 살고 있다.

우리는 쉼 없이 만나고 헤어지며 하루를 보낸다. 다음날도 그리고 또 다음날도 그렇게 물 흐르듯 지나가며 새날을 맞이한다. 모두들 반복되는 시간을 숨가쁘게 보내며 어느 때는 신기루 같은 놀라운 일이 찾아와 기쁨을 안겨주는 날도 있지 않을까 기대를 갖기도 한다.

비슬산 자락에서 〈세계속의 한국문학〉이라는 주제로 문학미디어 세미나가 열렸다. 삶의 향기를 보듬은 문학의 광장에서 새로운 만남과 이별의 시간을 맞이했다. 글을 쓰는 사람을 만나면 반갑다.

문학은 영혼을 채워줄 수 있는 깊은 양식처이며 늘 감동의 물결로 다가온다. 어떠한 틀을 깰 때 마음이 열리며 감성도 성장하는 것을 느낀다. 시간을 얼린다는 말이 떠오른다. 웃음과 특별한 의미가 담긴 오늘, 잠시 시간을 멈추게 하고 싶다.

- 만남은 서로의 은혜로운 기쁨의 순간,
이별은 서로의 피할 수 없는 허전한 영원 -

- 조병화 님의 〈그리움이 지면 별이 뜨고〉에서

문학은 문자로 이루어지는 예술의 한 장르이지만 모든 예술은 많은 견문을 통해 훌륭한 작품으로 탄생한다. 낯설은 곳에서 직접경험과 간접경험을 하며 자신의 그릇에 담는다.

글을 쓴다는 것은 창조적이면서도 보람있는, 상상력이 많이 소요되는 일이기에 고도의 정신 작업이라고 생각한다. 우리의 생활 모습을 글로 쓰며 삶 속에 깊이 들어가서 관찰하고 같이 경험했을 때 비로소 좋은 문학이 나온다.

삶이라는 것은 외로움을 견디는 일이기도 하다. 때로는 그런 마음에서 벗어나기 위해 자연을 찾기도 한다. 작은 풀꽃들, 넓은 들판, 푸른 숲이 있는 풍경, 파도가 밀려오는 바닷가에서 마음을 열고 서로 교감을 하며 즐거운 순간을 갖는다. 그곳에는 수줍음도 있지만 일렁이는 그리움이 있다. 작은 것들이 담고 있는 그들의 삶이 우리에게 더 큰 삶을 키워주기도 한다.

행복이란 말은 쉽고도 가볍게 쓰이지만 진정 행복한 순간은 얼마나 많을까. 자기가 어떠한 가치관으로 사느냐 하는 문제, 진실되고 의미 있는 생활을 추구했을 때 삶이 웃음으로 번지며 기쁨의 길로 함께 간다.

가장 아름답고 소중한 것은 관계이며 어떠한 만남인가에 따라 여러 가지 의미가 담겨지기도 한다. 한길로 함께 걸어가는 문인들과의 인연은 그래서 오래 지속된다.

누구나 내 삶에 어느 나무를 심을까 고심하고 있다. 우리는 이미 문학이라는 큰 나무를 심고 있다. 자신이 심은 나무를 바라보며 사랑의 언어로 보듬고 인생의 참된 소망이 깃든 튼튼한 거목으로 키워나가기를 기대한다.

우리 회원들이 몸담고 있는 뿌리이자 둥지, 사랑과 믿음이 있는 이곳에 더욱 애정을 갖고 소중한 결실을 향하여 마음을 하나로 모아서 큰 숲을 이루기를 바라는 마음이다.

'회자정리會者定離'라는 말처럼 만남이 있으면 헤어짐도 있다. 이별은 마음 한곳을 하얗게 지워주며 그 여백이 오래도록 남는다.

나뭇잎이 떨어지면 그 자리가 비어있듯이. 하지만 만남과 이별의 순간을 통해 우리는 한결 성숙해지고 있다.

# 고택과 여백

가을 그림자가 드리워진 돌담, 그곳은 번화한 거리와 단절된 듯 적막하기만 하다. 소란스러운 거리에서 벗어나 골목에 자리 잡은 고택, 그곳을 지켜주듯 돌담 위로 담장이 넝쿨이 붉게 물들고 있다.

늦은 오후 화가 장욱진 고택을 찾았다. 마당이 환히 보이는 한옥에는 하늘 가득 붉은 감들이 열려있다. 어린아이처럼 목을 젖히고 높이 뻗어 오른 큰 감나무를 올려다 보았다. 서너 그루의 감나무는 잎이 모두 떨어진 가지마다 많은 감들이 달려있어 온통 붉은 빛이 돌았다. 뒤뜰로 가는 길목에는 낙엽들과 은행알들이 어지럽게 널려있다. 옛날에는 귀하게 여기던 열매였는데 요즘은 뒷전이기에 안타깝다. 고즈넉한 샛길 주변에 있는 풀들은 가을 해를 받아 빛이 바래어지며 시들어 가고 있었다.

장욱진 화가는 이중섭, 박수근과 함께 근현대 1세대 대한민국 화단에 큰 영향을 준 화가이다. 그의 작품 속엔 가족, 아이들, 나무와 새, 해와 달이 있다. 많은 이야기를 선으로 담아 표현한 순수한 작품세계이다. 그림 속의 하얀 여백은 마음을 편안하게 해주며 담고 있다. 속 깊은 이야기를 조용히 들려주는 듯하다.

단순한 선의 작업으로 보이지만 그 안에 품고 있는 이야기는 가득하다. 보는 이의 마음에 따라 갖가지 형상으로 보이고 느끼며 여러 가지 의미를 담고 있다. 우리는 말이 많은 사람보다는 몇 마디 나누며 서로 표정을 담아 교감을 나누는 것을 선호한다.

그런 사람이 더욱 친근하고 믿음이 가는 것처럼 그림속의 하얀 여백을 보면 잔잔한 설레임이 느껴진다. 문득 젊은 시절 오랫동안 그림에 몰두하며 보내던 시간들이 떠오른다. 하얀 캔버스 앞에 앉아 무언의 대화를 나누던 시절, 이젠 많은 세월이 지났다.

그는 시대의 변천에 조금씩 변화를 주었다. 한국전통의 문화를 현대적인 변화에 따라 형상화하며 동심과 낭만을 담아 예술적인 감각으로 가득 느끼게 했다. 그의 작품 속에는 색채가 별로 없다.

그래서 더 선명하고 맑고 투명하게 담고 있는 이미지를 읽으며 깊이 사색할 수 있다는 생각이 든다.

마당 한켠에 세월의 잔상을 품고 있는 듯 녹이 슬은 펌프가 외로이 서서 오가는 사람을 맞이하고 있다. 돌계단을 오르자 자그마한 붉은 양옥이 보였다. 넓은 잔디밭 주변에는 사계절을 버티며 자란 큰 나무들과 철 잃은 봉숭아와 코스모스 백일홍이 여린 잡초와 어울려 피어있다.

높이 자란 감나무들을 올려다보며 30여 년 전 삼천포 근처에서 본, 꽃처럼 가득 피어있던 감골마을이 생각났다. 그때도 11월 중순 즈음이었을 게다. 낮은 산자락에서 바라보는 붉은 마을 전경은 환상적이었다. 처음 보는 풍경이었다. 근처 초등학교 운동장에도 감나무들이 가로수처럼 빙 둘러서서 있었다. 감들을 품고 꽃처럼 피어 있던 장관은 오래도록 잊혀지지 않았다. 그 아름다운 나무들을 보면서 자란 아이들은 어떤 꿈을 갖고 성장했을까.

입구 작은 비석에는 몇개의 그림이 선으로 그려져 있다. 양옥집과 자동차, 나무와 새 그리고 그의 자화상이 있다. 단순한 선으로 새겨진 모티브들이 그림 속에서 이야기를 하는 듯 정겹게 느껴진다.

붉은 벽돌 양옥이 인상적이다. 본인이 설계하고 원해서 지었다는 빨간 벽돌집을 보며 6·25 사변 직후 우리 동네에 새로 들어선 서양식 붉은 양옥집이 떠올랐다. 이곳이 좀 작을 뿐 집 모양새가 꼭 닮았다. 잘 가꾸어진 초록 잔디밭 위에 새롭게 지은 멋진 그 집을 우리는 양관이라 불렀다.

전쟁 후의 어려운 사회, 복지를 위해 지어진 그곳은 선교사뿐만 아니라 관청직원들도 드나들었다. 어린 시절 아버지를 따라가서 그때 처음보는 미국인 아저씨와 인사를 나누며 부끄러워 등 뒤로 숨었던 일, 아버지를 기다리며 잔디밭에서 뛰어놀던 아련한 기억들이 떠오른다.

화가의 작품 속에는 세월과 역사, 그리고 여러 가지 옛 시간들이 담겨있다. 들길, 배를 타고 건너는 사람들, 물구나무선 아이, 이런 그림들의 심플한 이미지가 요즘처럼 복잡한 사회에서 신선하게 다가왔다. 그 시절을 연상시키는 평상복을 입은 아낙도 있고 아기를 업은 여인도 있다.

자연과 가족, 동심의 세계, 모두가 정겹다. 한 사람의 삶과 그 시대의 사회상을 볼 수 있다. 단순화된 화풍이지만 많은 이야기가 함축되어 있다. 여백이 담고 있는 내면의 울림이 있는, 서늘한 바람처럼 그림 속에서 불어왔다. 동양적인 예술세계를 작은 화폭에 선으로 표현을 하며 많은 이야기를 들려주고 있다. 옛이야기를 작가와 조용히 나누며 깊게 동화되었다.

바람이 분다. 돌층계를 내려오다 뒤돌아 하늘 높이 뻗어 오른 감나무들을 올려다보았다. 가지 끝에 매달려 있던 몇 개의 나뭇잎이 떨어지며 공중에서 맴돌고 있다. 안채와 고택 주변을 돌아보며 누군가 좀 더 관심을 가지고 가꾸었으면 하는 그런 안타까운 마음이 들었다.

마지막 작품 활동을 한 공간 사랑채, 문 위에 특이한 서체로 쓰여 있는 관자득재觀自得齋라는 휘호 앞에서 생각에 젖어 잠시 머무르다 고택을 나왔다. 처마 끝의 풍경이 한가로이 바람에 흔들렸다. '스스로 보고 얻는다'는 뜻을 마음에 새기며 번화한 거리로 나왔다. 바람이 더욱 세차게 불어왔다.

제2부

# 사계절의 찬가

삶이란 길은 예측할 수도 없고 영원할 수가 없다.
또한 마음은 현재에 머무르며 지난날은 오래된 추억이 되어
물 흐르듯 자연스럽게 시간과 함께 가고 있지 않는가.

세월은 계절을 바꾸어주며 늘 제자리에 다시 돌아오게 한다.
길지 않은 삶, 존재의 소중함을 깨닫고 서로 생각나는 사람으로
보듬으며 살아야겠다는 마음을 가져본다.

# 존재의 행복

새장에 갇힌 새처럼 많은 시간을 보냈다.

둥지에서 벗어나지 못하는 새들처럼 밖을 바라보며 그들의 날갯짓처럼 작은 율동을 하기도 하고 독백을 하며 보내는 날들이다.

평상시에 혼자 영화를 보고 미술관을 가고 느긋하게 시간을 보내며 자유를 느끼고 살았다는 것에 스스로 만족감을 갖고 흐뭇하게 생각했다. 그것은 주위의 많은 사람들과 관계를 유지하며 보이지 않는 틀 속에서 갖는 자유로움이었다. 모든 일상이 단절된 상황에서 혼자만의 생활 리듬만 존재한다는 것은 행복이라 할 수 없다.

서로 어울리며 부대끼며 살아가는 공동체, 그런 곳에서 가끔 자신을 돌아보는 것과는 아주 다른 형태의 삶이다. 물 흐르듯 습관처럼 일상적인 생활에 젖어있었으므로 소중함을 느끼지 못했다. 함께 희로애락을 나눌 때 행복이 존재한다는 것을 알면서도 무심하게 잊고 지낸 시간들이다. 서로 받쳐주는 사람인人자처럼 우리도 함께 의지하며 힘이 되어주고 단단해지는 그런 관계가 삶이라 생각된다.

며칠동안 비바람이 치며 장마비 내리듯이 요란스럽게 대지를 적셨다. 늦은 아침, 습관처럼 창문을 열고 밖을 바라보았다. 아! 찬란한 빛이 눈부시게 쏟아져 내렸다. 베란다의 꽃들이 모두 활짝 웃는 듯 싱그럽게 보였다.

순간, 나도 모르게 '오! 솔레미오~ 너 참 아름답다~' 원어와 한국어가 뒤섞이며 큰소리로 노래가 나왔다. 평소에 누구 앞에서 노래를 부른다거나 노래방 기기에 익숙하지도 않은 나인데 어이없는 그런 상황이 벌어졌다. 조금 머뭇거렸으나 내친김에 뒷짐을 지고 창밖을 향해 목청껏 시원하게 불렀다. 마음이 후련해지며 웃음도 나왔다. 두 번 다시 찾아오지 않을 헤프닝이라 할까.

그동안 밖의 세상과 단절된 일상에서 갇혀 지내며 쌓인 우울이 밝은 빛을 보는 순간 엉겁결에 잠자던 감성이 용감하게 돌출

되었던 것 같다. 어디서 그런 용기가 솟았는지 생각만 해도 놀랍기만 하다. 가까운 누가 이런 상황을 보았다면 분명 그들도 놀랐을 일이다. 혼자 있었기에 용감했는지….

생각이나 습관은 하루아침에 바꾸기란 쉽지 않다. 주변의 환경이나 감정에 지배 당하지 않고, 자유자재로 생활할 수 있을 때 우리의 일상이 한결 편안하고 만족스럽게 변화될 수 있다는 생각이 들었다. 익숙해진 작은 습관들이 자연스럽게 현재의 생활에 물들여지며 약간의 혼돈을 오게 하고 순간 사고思考가 흐려지며 흩어진다고나 할까.

보이지 않는 무엇에 의해 생명이 버려질지도 모른다는 두려움이 평소 가볍게 흘려버렸던 주변의 일들에 관심과 애정을 갖게 되고 마음을 다스리기도 한다. 소용돌이 속에서 고뇌하는 많은 사람들을 보며 삶과 죽음이 가까이 있다는 것도 일깨워 주었다.

사람에게 궁극적인 목표는 무엇일까. 아리스토텔레스는 행복이라 했다. 존재의 행복, 생명이 있기에 바라볼 수 있고 느낄 수 있고 서로 보듬을 수가 있는 것이 아닐까. 가장 큰 행복은 삶의 진행형이라 생각된다.

존재가 주는 기쁨, 찬란한 태양이 주는 행복은 산책길 풀밭에서 조용히 숨 쉬며 피어있는 잔잔한 풀꽃들을 보면서도 느낄 수 있다. 풀숲에 숨어 피어있는 작은 꽃들을 보면 마음이 애잔하며 사랑을 느낀다. 아기의 손톱처럼 작은 꽃잎들이 바람에 흔들릴 때마다 연민의 정이 솟는다.

창밖으로 소공원의 숲길이 보인다. 산책길 따라서 줄지어 하얗게 핀 벚꽃들의 아름다움이 오늘은 쓸쓸하고 애처롭게 느껴진다. 갑자기 비바람이 불며 나무들이 크게 흔들렸다. 며칠동안 흐드러지게 피어 희망을 안겨주던 꽃잎들은 눈이 내리듯 공중에서 맴돌다 떨어져 산책길을 덮었다.

저 길을 걸어볼 수도 없는 지금, 코로나로 인해서 다른 때보다 빠르게 세상을 떠난 그들이 안타까웠다. 며칠이 지난 후 여린 작은 잎들이 피어났다. 사람뿐만 아니라 모든 생명체는 그렇게 차례를 기다리며 자연스럽게 피고 지며 세월을 살고 있다.

나무 밑에 있으면 숲이 보이지 않는다는 말처럼 많은 사람과 어울리다 보면 개개인의 소중함을 잊게 된다. 세상은 부드러워야 하고 인간관계도 부드러워야 하며 서로 애정을 갖고 사랑으로 감싸야 된다고 생각하지만 예사로 보내는 시간이 많다.

세월은 계절을 바꾸어주며 늘 제자리에 다시 돌아오게 한다. 길지 않은 삶, 존재의 소중함을 깨닫고 서로 생각나는 사람으로 보듬으며 살아야겠다는 마음을 가져본다.

바람따라 어디서나 새롭게 태어나는 씨앗으로 영글며 다음을 기다리는 풀꽃처럼 느긋하게 두려움 없이 살자. 보이지 않는 마음에 고마움을 느끼고 지금 시간이 힘들다고 움츠리지도 말고 조금만 지나면 모든 것이 제자리로 올 것이라 믿음을 갖자.

함께 숨 쉬며 모두가 나누는 행복! 우리는 공동체 안에서 살아갈 수밖에 없다. 평소 예사로 지냈던 가족, 이웃, 친구와 누린 삶을 새롭게 보듬으며 존재의 행복을 소중하게 가꾸고 간직하며 살자.

# 가을의 선율

나지막한 산자락을 지나 터널을 나오면 숲이 보인다. 도로 옆으로 곱게 물든 단풍나무들이 줄지어 서서 마음을 풀어주며 애틋한 정감을 안겨준다.

터널을 지날 때면 가와바타 야스나리의 '설국'이 떠오른다. 눈이 내리는 겨울엔 더욱 터널의 정취가 느껴진다. 가와바타 야스나리는 항상 외로움 속에서 살아왔다. 오사카에서 의사의 아들로 태어났지만 두 살과 세 살 때 연달아 아버지와 어머니를 잃고, 열 살 되던 해 누나를 잃었다. 열다섯 살에는 조부마저 잃어 완전한 고아가 되었다. 외로움 속에서 홀로 자라는 사람들이 떠오를 때면 안타까운 마음이 든다. 세월이 안겨주는 시간들을 보내며 가까운 인연들이 하나둘 떠나면서 혼자가 되고 있다는 생각이 들기도 한다.

터널 밖의 작은 마을이 정겹게 보이고 도로 위로 달리는 자동차의 행렬이 생동감을 준다. 산으로 오르는 입구에 아파트가 들어섰다. 낮은 산자락 아래 터를 닦더니 얼마 전 말끔히 예쁜 모습으로 자리를 잡았다. 아파트 입구를 지나며 특이한 정경에 늘 눈길이 머문다. 야외 음악회에서 연주를 하고 있는 동상을 바라보며 애잔한 마음을 갖고 무언의 대화를 나눈다. 오브제 〈색소폰 부는 소년과 바이올린을 연주하는 소녀〉.

그들을 바라보며 머물지 못하고 그냥 지나칠 때마다 아쉬움이 남는다. 뒤돌아보면 이미 차는 터널 안으로 들어서고 있다. 모든 차들은 그곳을 지나서 터널을 통과한다. 새로운 모습인 그들을 처음 보았을 때 신선한 느낌으로 다가왔고 지날 때마다 기분 좋은 웃음이 피어올랐다. 마음에 희망과 에너지를 전해주고 있다.

'색소폰 부는 소년과 바이올린 연주하는 소녀'의 연회색 화강석동상은 인상적이다. 늘 정스러운 정경으로 광장의 작은 스테이지 위에서 모습을 보이고 있다. 실제로 연주를 하는 듯 어느 때는 상상의 날개로 선곡을 하며 음률을 진지하게 감상하기도 한다. 시간이 지날수록 사랑스럽고 정겹게 느껴졌다. 작은 꽃바

구니라도 놓을까 가끔 그런 생각을 갖는다.

비가 내리는 날이면 젖어있는 그 모습이 안쓰럽기도 했다. 무더운 여름 강렬한 햇빛이 내려쬐는 날은 파라솔을 받쳐주고도 싶다. 주거공간에 작품을 선보인 작가의 배려에 찬사를 보낸다.

가을이 오며 가로수들을 붉게 물들이고 있다. 단풍잎들이 거리를 아름답게 치장했다. 숲 사이로 연주하는 그들의 모습을 보며 문득 한 소녀가 떠올랐다. 해외에서 생활할 때 이웃에 천재적인 바이올리니스트 소녀가 살고 있었다. 엄마와 함께 영국에서 음악 공부를 하며 방학이면 잠시 돌아왔다. 어느 날 그녀를 위한 연주회가 교민회관에서 열렸다. 그때 그녀의 나이 16세였다. 사라사테의 〈지고이네르바이젠〉을 화려하고 열정적으로 때로는 집시풍의 분위기를 담아 감동적인 연주회를 가졌다. 수많은 교민들의 박수갈채가 끊이지 않았다.

그녀는 나이에 맞지 않는 성숙함이 담겨있었으며 온몸으로 보여준 열정적인 멋진 연주는 지금까지도 잊을 수가 없다. 어느 성인 연주자와 비교할 수 없는 화려한 연주를 우아한 모습으로 훌륭하게 했다. 다음 해 런던을 갔을 때 그녀의 집을 방문했다. 지난해보다 바이올리니스트로서 더욱 성숙한 연주 모습을 보며 찬사를 보냈다.

평소에 즐겨 듣는 선곡이지만 난 지금까지도 그녀가 연주한 선율을 잊을 수가 없다. 지금은 오십이 넘었을 텐데 미국의 어느 대학에서 교수로 있다는 소식을 어렴풋이 전해 들었다. '지고이네르바이젠'의 곡이 들리면 그녀의 연주하는 모습이 떠오른다.

좋은 음악을 들으면 몸과 마음이 함께 이완된다. 자신도 모르는 사이에 무의식에 숨어 있는 응어리를 정화시켜 주며 영혼에 평안을 주는 것 같다. 듣는 동안 마음이 열리고 정화되는 느낌이 든다.

사계절마다 작은 터널을 지나며 늘 두 개체의 모습을 떠올리며 생각에 잠긴다. 감각적인 문체의 설국이라는 소설속의 설경이 연상되며 어느 때는 작은 동상을 바라보며 열정적인 소녀가 연주하는 '지고이네르바이젠'의 선율에 젖어 있기도 한다.

가을은 사색의 계절인가 보다, 지나간 일들이 아름답게 펼쳐지며 모든 일상이 정겹게 다가오니 말이다.

# 봄이 오는 길목

솜처럼 부드러운 햇살이 주위를 포근하게 감싸준다. 거리를 걷는 발걸음이 가볍다. 마스크로 가린 얼굴에 보일 듯 말 듯 미소가 숨어버렸다. 싱그러운 이 계절을 이렇게 맞이할 수 있다는 것에 그래도 감사한 마음이 든다.

금년은 신축년辛丑年 '하얀 소의 해'라고 한다. 소의 느린 걸음과 큰 몸짓, 힘든 일도 묵묵히 해내는 모습은 근면과 자기 희생의 상징이 된다. 요즘 우리의 주변이 모두 침체되어 제자리 걸음을 하듯 어려운 상황으로 힘들게 지내고 있다. 언제쯤 이러한 현실에서 벗어날 수 있을까 산뜻한 답이 기다려진다. 소가 지닌 성품처럼 초연하고 유유자적한 모습으로 지낼 수 있는 길이 열리고 희망찬 빛이 우리 모두를 웃음짓게 해주기를 바라는 마음 뿐이다.

몇 년 전, 연한 초록빛으로 물들여지는 이른 봄이었다. 근교의 큰 목장을 찾아갔다. 넓은 초원에는 햇빛이 가득 내려앉았고 불어오는 바람은 조금 쌀쌀했지만 기분좋게 스쳐 지나갔다. 오후의 들판에서 여유롭게 놀던 큰 황소들이 한곳으로 모여들었다. 펜스를 친 둘레를 따라서 그들에게 다가갔다. 아주 가까이 마주보며 그들 앞에 섰다. 앞으로 다가온 커다란 소를 바라보고 처음엔 주춤했다. 그 소의 얼굴을 마주 보는 순간 초점이 일치하며 눈길이 딱 멈추었다.

어머나! 나도 모르게 작은 음성이 나왔다. 소는 나와 눈이 마주치는 순간 그 큰 눈으로 웃고 있었다. 놀라서 나도 엉겁결에 웃었다. 정말로 신기한 장면이었다. 바라보며 진짜 웃고 있었다. 아! 소도 웃을수 있다니~ 놀랍고 좀 두려운 마음이 들었으나 순간 소의 머리를 가볍게 쓸어주었다. 가만히 있었다. 평생 잊지 못할 순간이다. 감동적인 그 장면을 가슴에 담고 노을 진 하늘을 바라보며 초원을 걸어나왔다. 아직까지도 신기한 그때의 일들이 오랫동안 남아있다.

"지금 빨리 나오세요. 목련꽃이 모두 꽃봉우리를 피우려고 해요” 전화를 받고 급히 밖으로 나왔다. 큰 나무에서 하얀 봉우리가 수줍은 듯 살풋 입술을 열고 웃음을 보낸다. 며칠 전만 해도 귀여운 아기 입술처럼 꼭 다물고 있었는데, 이렇게 계절은 바뀌고 있었다.

봄이 오며 옛 전경이 그림을 보듯 떠오른다. 먼 곳으로 여행을 가지 못하니 지난 일들이 아슴아슴 생각난다. 몇 년 되지 않았는데 아주 오래된 옛일처럼 애잔하게 마음을 적신다. 요즘은 생각지도 못할 긴 여행이어서일까. 국내는 물론 파리, 런던 이제는 유럽 여행뿐만 아니라 세계 모든 이웃 나라들 여행도 끝난 것 같아 더욱 아쉬움이 남는다.

쌀쌀한 바람이 옷깃을 여미게 한다. 후우 숨을 내쉬면 입김이 연기처럼 피어올랐다. 파리에서 모네의 마을 지베르니Giverny로 가는 길, 라자르역St. Lazare에서 루앙Rouen행 기차를 탔다. 이른 아침 프랑스기차 SNCF를 타고 한 시간 가까이 달렸다. 차창으로 노란 개나리꽃 가지가 바람에 흔들리는 모습이 지나간다. 여성의 안내방송이 매혹적으로 들린다. 흔들리는 열차의 진동이 요람처럼 느껴지며 여독이 풀리는지 졸음이 몰려온다. 베르농Vernon 기차역에서 다시 셔틀 버스를 타고 모네Claude Monet의 마을에 도착했다.

- 지베르니에서 모네Monet와 함께 -수필의 일부

그때는 3월의 끝날이었다. 쌀쌀한 바람이 품안으로 들어오며 몸을 움츠리게 했다. 따스한 햇볕은 모네의 정원에 가득했고 모든 꽃들은 자기의 모습을 자랑스럽게 보이며 환호를 했다. 모네의 집 정원에는 수많은 꽃들과 연못이 어우러져 풍경을 이루고 있었다. 오픈하는 첫날이라 그런지 방문객은 많지 않았다. 따듯한 봄볕이 골목길을 걸어가고 조용한 마을은 햇볕 아래 기지개를 켜는듯 했다. 정원과 꽃길을 걷는 동안 바람은 얼굴을 스쳐 자유롭게 날아다녔다. 모네의 그림 속에 담겨있던 꽃 정원이 그대로였고, 동양적인 연못도, 곳곳에 놓여있는 작은 벤치, 봄꽃을 찾아 날아온 벌과 나비들, 모두가 마음의 평화를 갖게 했다. 꽃들은 넓은 정원에서 자연스럽게 조화를 이루고 있었다.

모네의 그림에는 항상 초록색 다리가 존재한다. 연못의 버들가지들이 아래로 길게 흘러내려 물속에 잠겨있었다. 바람에 춤을 추듯 가지들이 흔들렸다. 모네는 수련을 그리며 다리에 기대서서 변화하는 연못의 정경을 머릿속에 새기며 때론 긴 침묵 속에서 구상하고 작업을 하고 있었을 것이다.

수많은 화가가 있지만 나는 모네의 화풍을 좋아했다. 이질감 없는 부드러운 화풍과 서정적인 감성이 묻어있는 느낌에 이끌렸다. 특히 모네의 작품중 〈파라솔을 든 여인〉을 좋아한다. 사랑스럽고 밝고 투명한 미소가 담겨있는 까미유가 있어서 좋다.

꼬마 아들 장의 모습도 사랑스럽다. 모네와 까미유의 사랑이 아름다운 영상으로 그림에 깔려있어서 마음에 끌린다.

그때 지베르니에서의 봄날, 따듯한 햇살을 받으며 세계의 거장 인상파 화가 모네와의 만남은 행복했으면서도 돌아오는 길은 서산에 해가 기울 때처럼 마음이 쓸쓸했었던 기억이 난다. 위대한 작가의 생애를 떠올려 본다. 모네가 걸어온 길은 애환이 많았다. 그의 작품에서 볼 수 있는 깊은 내면의 세계와 한 인간으로서의 영혼이 주는 갈등도 느낄 수 있었다.

삶이란 길은 예측할 수도 없고 영원할 수가 없다. 또한 마음은 현재에 머무르며 지난날은 오래된 추억이 되어 물 흐르듯 자연스럽게 시간과 함께 가고 있지 않는가. 몇십 년이 지나간 때의 여행처럼 애틋하게 가슴에 남는다.

우울한 시간이 계속되며 오래전 즐거웠던 영상 속으로 걸어가 보았다. 고난의 때에도 끝이 있고, 그다음은 이전보다 더 나아진다고 한다. 삶은 기다림의 연속이며 시간의 흐름과 함께 달려가고 있다.

소걸음으로 천천히 만리를 간다는 '우보만리牛步萬里'라는 말이 있다. 답이 없고 끝이 없는 세상이지만, 인내와 근면함을 보이며 유유자적한 모습으로 지내보면 어떨까. 웃음진 소의 모습을 떠올리며 우리도 함께 여유롭게 봄을 맞이하자.

# 나의 사랑 나의 조국

현관 옆 정원에 커다란 무궁화 나무가 있다. 해마다 꽃이 가득피어 보는 우리들에게 기쁨을 주었다. 그런데 봄을 맞이하는 3월, 현관을 들어오던 나는 변해버린 나무 모습을 보고 깜짝 놀랐다.

해마다 화려하게 꽃을 피우던 큰 나무가 작은 모습으로 서 있었다. 나무 손질을 하던 정원사에게 서운한 마음을 담아 이야기를 했더니 잘 몰랐다며 옆에 있는 밤나무를 생각해서 가지 쳐주기를 했다고 한다. 울적한 마음이 들었다.

작은 생명들이 따스한 봄빛 아래 조용히 발돋움하며 움트고 있다. 큰 나무들도 연녹색 잎들을 틔우며 녹색으로 물들고 봄바람에 싱그러운 미소를 보내는 모습이 어여쁘다.

3월이면 제일 먼저 삼일절을 떠올린다. 국경일이 되면 태극기를 게양하는 것이 국민의 의무라는 생각은 늘 변함이 없다. 아침 일찍 태극기를 준비하며 창밖에 기분 좋게 높이 게양한다. 전에는 집집마다 태극기가 휘날리는 모습을 많이 볼 수 있었는데 요즘은 드물게 보인다. 태극기의 소중함을 학교 교육에서 가르치지 않는 것 같아 아쉬움이 있다.

3월 초 어느 날, 작은 무궁화 나무에서 갑자기 꽃들이 화려하게 피었다. 작은 나무에서 꽃들이 삼일절을 기념하며 파티를 하듯 가득하게 피어 어여쁜 모습을 보여주었다. 안타깝던 마음이 환하게 웃고 있는 것 같은 자태를 보자 나도 함께 함박웃음이 피어올랐다.

몇 해 전 독립기념관에서 개최된 해외의 교포 어린이들을 대상으로 세미나가 있었다. 아이들과 함께 참가했는데 잘 짜여진 프로그램이었다. 영상으로 많은 것을 보여주며 태극기에 대해서는 물론 국경일에 대해서도 담당 교사들이 진지하게 강의를 했다. 독도에 대해서도 긴 시간 세부적인 내용으로 지루하지 않게 설명을 해주었다. 학부모들도 함께 참가하여 의미 있는 행사였다.

독립기념관의 입구에서부터 무궁화꽃이 길 따라 가득 피어있어 나라꽃을 알리기에도 의미가 있었다. 여러 가지 한국에 대한 일정을 마치고 돌아온 아이들에게는 지금까지도 누구보다도 나라 사랑이 가득하다. 누구나 한번은 독립기념관을 방문하도록 권장하고 싶다.

몇 년 전에 '독도 사랑 캠페인'을 하며 독도를 방문한 적도 있었다. 섬 주위를 근접하며 바라본 독도, 갈매기들을 가득 품고 우뚝 서 있는 모습이 감동적이었다. 선상에서 플래카드를 펼치고 기념행사를 했다. 처음 마주 본 독도는 마음에 큰 울림을 주며 오래도록 남았다.

요즈음 어느 때보다도 나라를 사랑하는 국가관이 강하게 필요할 때라고 생각한다. 같은 길을 걸어도 어제 길이 다르고 오늘 길이 다르다. 현명한 생각으로 큰 울타리 만들기를 바라며, 부드러운 봄볕이 우리 모두의 마음에 깊게 자리 잡기를 기원하면서 행복한 변화를 기대해 본다.

# 사계절의 찬가

겨울의 무게가 가벼워지며 떠나가고 또 다른 한해가 시작되었다.

봄은 모든 생명체에 활력을 주고 감싸 안으며 생성과 소멸을 거듭하면서 아름다운 세상을 만든다. 그들의 숨결이 스치고 지나가는 세상은 아름답게 펼쳐진다. 숨죽이며 숨어있던 작은 생명들이 가만히 고개를 들고 봄을 맞이했다.

두터운 커튼이 열리며 꽃들의 향연이 펼쳐지는 봄. 추운 겨울을 보내며 잔잔한 꽃들과 연록색 잎들이 생동감을 주며 피어났다. 생명의 빛을 보내온 그들이 사랑스럽다.

사계절이 변화하며 우리에게 주는 행복은 끝이 없다.

봄 여름 가을 겨울이 있는 나라에서 살고 있는 것은 큰 축복이라고 생각한다. 열대지방이나 추운 북극에서의 생활이 계속되는 그러한 환경에 살면 생활자체가 지루하기도 하고 한쪽으로 저울추가 기울어지듯 그런 감성이 들기도 한다.

겨울은 겨울대로 혹한에 떨기도 하지만 첫눈을 맞으며 동심으로 돌아가고 닥터 지바고를 연상하며 폭설길을 달리기도 한다.

가을은 결실을 맺어 풍요로운 양식을 우리에게 주며, 어텀 리브스를 부르기도 하면서 가을의 행복을 가슴에 담는다. 자연의 풍경을 화려한 빛으로 물들여주며 그 많은 색감을 마음에 품어준다.

누구나 자기가 선호하는 계절의 풍경을 생각하며 살아가고 있다. 각 계절이 안고 있는 감성 러브스토리는 기쁨도 있지만 많은 애환을 남기기도 한다.

봄 여름 가을 겨울을 연작으로 얼굴 모습에 담아 그림을 남긴 '주세페 아르침볼도'의 작품 '사계 Four Seasons' 그림이 떠오른다. 그의 사계절 시리즈는 계절마다 다양한 꽃과 과일, 열매와 야채를 테마로 장식하며 인간의 얼굴 모습을 형상화했다.

작가의 창의적인 작품에 찬사를 보내며 오래도록 기억에 남았다. 그림 속의 얼굴에 담고 있는 사계의 풍요로운 결실을 보며 삶의 변화를 읽을 수 있었다.

자연의 리듬에 따라 순환하는 계절처럼 삶을 엮어가며 인생을 여유있게 살아가라는 의미가 담긴 듯했다.

예전에 계절이 바뀔 때마다 소풍가는 날을 정했었다. 새로운 눈으로 보고 새로운 마음으로 느끼고 변화하는 자연속에서 함께 공존하고 싶어서였다.

자연은 자연 그대로 모든 것을 치유해준다. 내가 존재할 수 있도록 희망과 믿음을 준다. 인생의 넓이와 깊이는 마음대로 할 수 있지만 길이 만큼은 뜻대로 결정할 수 없다는 것도 안다.

한 계절이 지나면 다음 계절을 기다리게 되고 그렇게 사계절을 보내면서 삶의 긴 끈을 잡고 이어가고 있는 것이 아닐까. 그 끈에는 늘 희망이라는 밝은 빛이 존재하기 때문이다.

비발디의 사계 겨울을 떠나 보내면서 산뜻한 봄의 볼륨을 높였다. 연녹색을 연상시키는 즐거운 악상이 경쾌하게 펼쳐지며 봄이 오고 있다. 주위가 녹색 빛으로 물들여지듯 부드럽고 감미로우면서도 생동감을 주었다.

창으로 따스한 봄빛 햇살이 들어오고 있다. 긴 시간들이 빠르게 가버린 듯 아쉬움이 남지만 아직도 많은 날들의 사계가 우리 앞에 기다리고 있다. 계절은 늘상 왔다가 떠나는 것이 순리인 것을~

〈베푸는 것이 최고의 소통이다〉

-Giving is the best communication.

이 말은 사람들 사이에서만 쓰이는 것이 아니라 자연과 우리가 서로 소통하며 공유할 수 있는 언어인 것 같다는 생각이 들었다.

따스한 봄볕 아래 비발디의 사계를 들으며 마음의 평안을 가져본다.

# 정선旌善으로

작은 봉우리와 또 다른 큰 봉우리, 그 앞으로 낮은 물줄기가 흐르고 정선 아리랑 음률은 계속 고갯마루를 지나며 가락을 읊는다.

강원도 금강산 일만 이천봉
팔람 구암자 법당 뒤에 칠성단 도두 놓고
팔자에 없는 아들딸 낳아 달라고
석 달 열흘 노구에 정성을 빌고 ~

차는 오대천을 따라 정선으로 가고 있다.

양편으로 겹겹이 쌓여있는 산, 차는 좁은 길을 아슬아슬하게 곡예를 하듯 산허리를 돌아간다. 정선아리랑의 고장 정선면, 아리랑의 발상지를 찾아가며 오래전 왔던 길인데 낯설게 보인다.

본래 정선의 옛 이름은 무릉도원武陵桃源이라 했다. 삼한 시대부터 묵객들이 풍류를 즐겼던 곳으로 고려왕조 유신들이 송도에서 내려와 나라 잃은 한을 한시로 읊어 부른 것이 정선아리랑으로 전해졌다.

뱃사공이 나룻배로 강을 건너 주던 아우라지 강의 가슴 아픈 사연들, 뱃사공에게 떠나가던 님을 근심하며 아낙네의 애절한 정과 한이 서럽게 담겨있는 터전의 아우라지 강가, 많은 사연이 한으로 남아 정선아리랑으로 불리워지고 있다.

카지노와 위락시설이 자리잡은 읍내를 지나 계곡과 높은 산자락의 비경祕境을 보며 차는 달린다. 구불구불 이어지는 산길엔 차들도 지나지 않으며 한가로웠다. 산비탈에 가끔 외딴집들이 있고 밭일을 하는 농부의 모습도 보였다. 가을 햇살이 내려앉은 밭에는 곡식이 익어가고 있다. 옛날 뱃사공 후손들이 밭농사 논농사를 지으며 화전민 생활을 하던 곳에 지금은 띄엄띄엄 현대식 숙박 건물이 들어서서 현시대를 느끼게 했다.

아득히 낭떠러지가 보였던 산길은 오랜 세월 지나며 다른 모습이 되었다. 길가에 웃자란 나무들이 낭떠러지 절벽을 가려주어 숲길을 달리는 느낌이다. 곱게 물든 나뭇잎들은 가을 정취를 물들여 주었다. 흐렸던 하늘이 햇빛을 비추며 푸른 하늘에 흰 구름이 뭉게뭉게 피어오르고 산자락에 걸린 듯 아름다운 풍경이 펼쳐졌다.

정선 읍내를 지나 야생화와 푸른 숲이 우거진 고산지대를 보려고 리조트로 갔다. 정상으로 오르는 곤돌라를 타려는데 갑자기 쏟아지는 소낙비로 인해 한 시간을 기다렸다. 정겨운 벨리와 마운틴을 이어주는 스카이 곤돌라, 지루한 일상을 떠나 오랜만에 외유를 하는 느낌이 들었다. 하늘과 맞닿은 산봉우리들, 멀리 보이는 산자락에 흰 구름이 하얀 천을 두른 듯 휘감겨 있다. 마음이 시원하게 풀리며 미소가 지어졌다.

스카이 1340밸리, 하늘 가까이 산으로 오르는 풍광이 아름답게 보였다. 정상을 향해 더 높이 오르며 야생화와 숲은 안개에 쌓여 보이지 않았다. 창가에 빗물이 흐르고 유리창 가까이 나무들과 숲이 다가왔다. 마운틴 정상에 도착하였으나 안타깝게도 안개가 가득 주위를 감싸 산 아래 펼쳐진 전망은 볼 수가 없었다. 오래전 안개에 쌓인 런던거리를 걸을 때처럼 그때를 연상시켰다.

건물 옆 정원에 쌓아 놓은 낮은 돌탑들에 눈길이 머물렀다. 어느 곳에서든 사람들의 소망과 믿음은 같으며 작은 형상으로

라도 남기며 마음을 담고 있는 듯하다.

곤돌라를 타고 안개 속을 내려오며 많은 생각에 잠겼다. 바람은 수많은 사물과 부딪치면서 존재감을 드러내듯, 한동안 멈춰 있던 지난날의 많은 일들이 바람에 흔들리는 큰 나무의 잎들처럼 한꺼번에 소용돌이치며 쏟아져 내렸다.

현재와 과거가 공존하는 정선, 구불구불 이어지는 좁은 산길을 내려오면서 내 생애의 긴 시간이 잠깐, 찰라처럼 느껴지며 무사히 지나온 것에 감사하며 회상에 잠겼다.

새롭게 펼쳐지는 긍정적인 열정, 전성기의 활력을 떠올리며 웃음과 사랑으로 내일을 걸어 보자.

# 우리를 기쁘게 하는 일들

겨울로 가고 있는 길목에 세찬 바람이 불고 있다.

가로수에 남아있는 마른 잎들이 휘익 휘둘리며 공중곡예를 하고 바람따라 갔다. 길가에 누워있던 마른 잎들도 쫓기듯 밀려가고 있다. 계절이 바뀔 때마다 우리는 기쁨과 함께 쓸쓸함을 느끼며 다음 계절을 맞이한다. 지난해도 그랬고 올해도 그리고 다음해도 같은 과정을 맞이할 것으로 생각된다.

요즈음은 외국의 다문화 축제 등 추수감사절이나 여러가지 많은 행사를 우리나라에서 함께하고 있다. 번화한 거리와 빌딩 상가 쇼윈도에는 벌써부터 아기자기한 소품들과 화려한 크리스마스 트리로 현란하게 불을 밝히고 있다. 이렇게 한 해를 마감하는 축제의 분위기가 잠시 마음을 즐겁게 한다.

또한 우리나라의 위상을 보여주듯 기쁜 소식들도 전해졌다. 한글을 선호하는 외국인들이 많아졌으며, 세계 260개소에 있는 세종학당의 인기는 폭발적이라고 한다. 최근 국내의 정치 경제 등 사회와 국가를 위배하는 일부세력들로 인해 불안한 민심으로 흔들리며 어수선한 분위기에 무엇보다 기쁜 소식이다.

미국의 한인학교에서도 한국어를 배우려는 외국인들이 많아 그들을 위한 한글교육을 하고 있다. 한국어도 유엔 공용어로 채택되기를 바라는 마음이다. 우리나라가 오늘에 이르기까지 수많은 고난의 길을 걸어가며 세계로 향해 달려가고 있는 현재, 앞장서서 외교활동을 하는 지도자들에게 힘을 실어주자.

영국의 런던 국제관계학 교수 리몬 피첸코 파르도 박사는 〈새우에서 고래로, 잊힌 전쟁에서 K팝까지의 한국〉을 출간했다. 현재 반도체, 자동차, 선박, 배터리, 휴대폰 등을 발판으로 10대 강대국이 되었다는 내용의 책이라고 한다. 영화와 K팝 음악과 놀라운 문화로 거대한 고래가 되었다며 밝은 미래가 한국을 기다리고 있다고 했다.

8·15, 6·25 등 많은 전쟁을 겪은 세대, 그리고 그 시대 경제를 이끌어가며 국가 발전을 위해 몸바친 국민들과 경제인들, 지도자들, 요즘 젊은이들이 60~80년대의 그분들을 기억해주기를

바라는 마음이다. 지금은 노쇠했지만 그들의 힘이 발판이 되어 오늘의 대한민국이 선진국으로 꿋꿋하게 자리잡을 수 있었다고 생각한다. 또한 우수한 젊은 인재들의 열정도 힘을 실어주며 강력한 나라로 발돋움을 하지 않았을까.

코로나로 인해 갇혀지내는 동안 국제사회뿐만 아니라 우리나라도 경제가 위축되어 힘든 시기를 겪고 있다. TV프로그램은 노래와 먹방으로 가득 차 있다. 온라인 수업으로 소홀해진 학교교육도 문제가 있었다고 생각을 한다.

직장이나 학교 등 인터넷으로 운영되는 동안 장점도 있었겠지만 그로 인해 직장의 규모가 축소되어 직원 수도 조정되며 생활의 생계가 어려운 가정이 늘어났다는 것을 우리 모두 알고 있다. 경제적으로나 사회적으로나 어려운 시기에 한마음이 되어 일들을 풀어나가면 좋으련만. 정치인들은 반대를 위한 반대를 일삼지 말고 나라를 위해 긍정적으로 생각하며 서로 협조하여 밝은 미래를 펼쳐나가기를 바라는 마음이 간절하다.

세계의 곳곳에서 일어나고 있는 전쟁의 불씨, 그로 인해 전쟁 속에 고난의 길을 가고 있는 죄없는 생명들의 수난을 전범자 그들은 왜 방관하고 있는지~. 지구의 이상 변화로 대형 산불, 화재 그리고 홍수 등 자연발생으로 인해 폐허가 되고 있는 지구 곳곳, 그러나 지금 우리나라는 제자리를 찾아가며 세계를 향해 달려가고 있다. 세계 속에 우뚝 설 것이라는 믿음을 우리 모두 소망하고 있다.

일상적인 잔잔한 생각에 젖어 천천히 공원 산책길을 걸었다. 푸른 하늘에는 뭉게구름이 넓게 펼쳐있다. 헐벗은 나무에 남겨 있는 단풍잎 몇 개가 바람에 흔들리고 있다. 화려했던 가을을 떠올리며 애잔한 마음으로 눈길이 머물렀다. 오헨리의 마지막 잎새가 그곳에 있었다.

스산한 바람이 불어온다. 봄이면 연분홍 꽃을 피우며 반기던 모과나무, 높다란 가지에 노랗게 물든 모과 한 개가 안타까이 시선을 끈다. 바람결에 모과 향이 내게 다가오는 듯, 심호흡을 하며 가까이 다가가서 오랫동안 머무르라며 웃음을 보냈다.

# 글의 소재는 나의 곁에

글쓰는 작업은 어려운 숙제를 풀어나가는 과정처럼 깊은 생각과 고민이 동반된다. '무엇을 어떻게'로 생각하며 글쓰기를 시작한다.

한 편의 수필을 쓰면서 늘 글의 내용을 어떻게 펼쳐가며 그려볼까 생각한다. 사실화를 그릴까, 정물화를 그릴까 아니면 추상화를 곁들일까. 큰 그릇에다 담을까 여러개의 작은 그릇에 담을까.

소재는 큰 가지로 할까. 작은 가지로 할까를 염두에 두며 메모해 둔 노트를 펴고 주제에 맞게 비슷한 글들을 골라 그릇에 담는다.

그다음 나름대로 형상화하여 어설프지만 끝을 맺는다. '형상화'는 상상하여 마음속에 떠오르는 어떤 모습을 말한다. 사물의 형태를 그리는 그림이라고 부를 수 있다.

요즘은 핸드폰에 많은 것을 담아낼 수 있어서 편리하다. 매 순간 느낌이 올때나 어떤 현상을 보고 스쳐 지나가는 영감이 떠오를 때 장소를 가리지 않고 빠르게 문자를 쓴다.

순간 떠오르는 단어나 어휘는 다시 떠오르지 않고 잊혀지기 때문이다. 글을 문법에 맞게 쓰려고 몇 번이나 깊게 생각하고 그다음 형상과 의미까지 갖추려면 많은 고민을 하게 된다.

모든 작가들은 자기만의 글 쓰는 습관이 있다. 나는 한밤중형이다. 낮에는 대충 초고를 쓴다. 늦은 밤에 컴퓨터 앞에 앉아 워드로 쓰기 시작하면 서너 시경에 끝을 맺는다. 전에는 펜으로 노트에 초고를 쓰고 수없이 수정을 반복했는데 요즘은 너무 편리하다.

오래전 처음 컴퓨터 앞에 앉아 글을 쓸 때는 서먹하고 어설퍼서 떠오르던 생각도 다 달아나고 했었다. 컴퓨터와 친숙해지려 많이 노력했다. 요즘은 당연하고 편리한 동반자이다. 시대가 변천하여 문화문명이 발전함에 따라 우리도 현대기기에 익숙해지며 편승하는 것이 당연하다는 생각을 갖게 된다.

우선 먼저 작품구상을 메모해 두기도 하고 산책길에서나 어느 곳에서 문득 생각이 날 때 빠르게 기록한다. 시간의 여유가 있을 때는 구상을 하며 뜸을 들이기도 하지만 없을 때는 바로 컴퓨터 앞에 앉아서 글을 정리하며 끝을 맺는다. 그런 후 다음날에 다시 수정작업을 하며 여러 날을 걸쳐 나름대로 퇴고를 한다.

여유를 가지고 글을 쓸 때는 지난 옛일들을 떠올리며 그 시대에 맞는 책을 읽거나 사색에서 얻은 느낌을 가지고 주제를 만들어 내기도 한다. 평소 관심을 갖고 있었거나 호기심이 있던 참신한 내용이 떠오르면 또한 메모해 두었다가 참고를 하기도 한다.

산책길에서 많은 소재를 찾는다. 나무들과 숲이 주는 산뜻한 영감은 과거와 현재를 오가며 평소에 생각지도 못했던 많은 이야기를 담아낸다. 아주 소소한 일들, 바람이 들려주는 이야기까지도 깊이 마음에 와서 깃든다.

어느 날은 물 흐르듯 주르륵 글이 풀려나가고 어느 날은 한두 줄 쓴 후 다음이 연결되지 않아 몇 번이나 썼다 지웠다를 반복한다. 그럴 때는 따뜻한 차 한잔을 마시고 베란다로 나간다.

한밤중 창밖은 어둠이 짙다. 늦은 시간인데 어느 집 창에는 불이 켜져 있다. 나같이 글을 쓰는 사람일까 아니면 수험생일까. 그들의 고민도 함께 그렇게 시간을 보내고 있다는 느낌이 든다.

글쓰기에서 되도록 부호를 생략한다. 너무 많은 부호는 마음을 어지럽힌다. 또한 단문으로 구성한다. 호흡이 긴 장문은 때로는 글이 엉킨 느낌이 들며 산뜻한 문장이 되지 않는다. 한 문단을 다섯 줄 이상으로 쓰지 않으려고 한다.

어떠한 장르던 작가 본인들이 자기의 원고에 책임을 갖고 수정도 많이 하고 퇴고도 여러 번 해야되는데 그렇지가 못하다. 물론 그런 과정없이 한편의 완벽한 원고를 바랄 수는 없다.

자신의 글이 활자화되어 세상 밖으로 나왔을 때 독자가 어떠한 마음을 갖고 읽을까. 동감을 가질까 아니면 이질감을 가질까 그런 마음이 들기도 한다. 그래서 수없이 지우고 고치고 나름대로 정리를 하여 퇴고를 하지만 항상 미흡하기만 하다.

적벽부赤壁賦를 쓴 소동파는 파지가 한 삼태기나 나올 정도로 퇴고를 했다. 톨스토이는 전쟁과 평화를 쓰면서 90회 이상, 헤밍웨이는 노인과 바다를 쓰면서 무려 400회 이상 퇴고를 했다고 한다.

그렇게 해서 세상 밖으로 나온 대단한 명작들을 생각하며 퇴고는 끝이 없다고 마음먹지만 뜻대로 되지않는 것이 글인 것 같다.

수필의 소재는 멀리 있지 않고 늘 나의 생활 안에 있다. 어느 때는 독백처럼 슬픔, 기쁨, 그리움 등을 펼치다 보면 눈물이 고일 때도 있다. 수필은 자신과 대화를 하며 속내를 보이는 작업이기 때문이다.

삶과 가장 근접해 있는 문학이 수필이란 생각을 하게 된다. 자신의 삶과 인생의 모습을 들여다보는 맑고 투명한 거울이 수필이라는 말이 있지 않은가.

우리 삶의 이야기가 그냥 기록으로서가 아니라 수필로 승화하기 위해서는 상상과 의미화 과정도 있어야 된다.

진실한 삶의 자락을 펼치며 오늘도 나는 수필이란 삶의 꽃을 피우려 한다. 무엇을 어떻게 쓸까. 얼만큼 진솔한 이야기가 담길지 항상 기대를 해보며 자신을 보듬어 안는다.

# 2022년을 보내며

12월이 되면 한 해를 마감하는 일들로 모두 분주하다.

국가의 경제도 개인의 살림살이도 결산을 하며 한해를 돌아본다.

연말이 가까워지면서 지인들의 안부 전화가 많아졌다.

Merry Christmas!! Happy New Year!!~

코로나 팬데믹으로 안개 낀 듯 몇 해가 그렇게 흘러갔다.

재미없는 정말 아까운 시간이 덧없이 가버렸다는 마음이 들며 옛날 무더운 나라에서의 크리스마스와 연말 풍경들이 떠올랐다.

1973년 처음 방콕 생활이 시작되며 자카르타, 싱가폴, 다카 등 열대 기후 속에 20여 년의 긴 세월을 보냈다.

12월이지만 기온은 18도 정도. 겨울 분위기가 찾아왔다.

크리스마스 캐롤도, 트리도 그 시절 나름대로 화려하게 장식하고 호텔마다 파티 등 각 대사관 행사도 많았다. 7, 80년대 외국 파티에서 북한 외교관들을 보면 서로 거리를 두며 피하던 시절이었다.

현란한 거리의 불빛들을 바라보며 옛날의 풍경이 그려진다.

해마다 12월 1일, 트리에 불을 켜며 소박한 장식을 한다. 이제 내 키보다 작은 나무를 보듬으며 지난 시간을 담아본다.

“하이!” 전화에서 밝은 음성의 명쾌한 목소리가 기분을 업시켰다.

피아노 건반의 도음에서 마음이 오락가락할 때 신선한 공기를 마시듯 생기가 온몸에 번졌다.

미국의 12월은 생동감을 준다. 시즌에 맞게 화려한 트리와 붉은 포인세티아꽃이 곳곳에 피어 있는 거리의 아름다운 풍경. 바쁘게 12월을 보내는 모습이 그려진다.

“오늘도 스무고개 게임을 시작할까요?”

나의 분신은 웃음을 터트린다. 요즘 대화 속에 연결이 끊기며 헤매는 것을 보며 안타까워한다.

열대지방에서의 겨울 이야기가 이어졌다.

“우리 집 정원에 큰 나무에서 줄줄이 피어내리던 꽃 이름이 뭐였지?”

“정원에 꽃나무가 하나둘이었나, 많았는데요?”

“아니~ 분홍 꽃, 흰 꽃이 줄기 타고 내려오며 많이 피었었잖아….”

이렇게 또 퍼즐 맞추기는 시작되었다.

“느낌이 종이꽃처럼~ 내가 참 좋아한 꽃인데, 이름이 생각 안 나네, 그 옆에 크리스마스트리도 있었는데~.”

“아! 부겐밸리~ ~”

“부겐밸리~ ~ 맞아!”

“또 있는데~”

“뭔데요. 다음 퀴즈는?”

이렇게 대화는 계속되었다.

기억의 먼 곳을 헤매며 잊어버린 이름을 떠올리는 내 모습이 그려졌을 터이니 안타깝다.

젊음의 산실인 캠퍼스, 그녀가 있는 대학교를 방문했을 때 흐뭇한 마음에 웃음꽃이 피어났다. 지금은 그때의 내 나이보다도 더 어른이 되어서 강의를 하고 있다. 그런데 난 먼 길에 홀로 서

있는 느낌이 들었다.

시간은 멈추지 않고 쉼 없이 물 흐르듯 어느새 이렇게 많은 날들을 보냈을까. 거울 속에 나의 어머니 모습이 보였다. 희미하게 미소짓는~

집을 나와 몇 걸음 걸으면 바로 허드슨강이 흐른다. 건너편에는 강을 따라 길게 펼쳐있는 맨해튼 빌딩들이 보인다. 한 해의 끝날, 자정에 눈이 쌓인 강가에서 맨해튼 하늘 가득 빛나는 불꽃 축제를 바라보며 새해를 맞이했다. 화려한 불꽃들을 보며 마음에는 작은 별빛들이 조용히 담겨졌다.

사무엘 울만의 시 〈청춘〉을 떠올려본다.

스무 살 청년보다 예순 살 노인이 더 청춘일 수 있다네
세월만으로 늙어가지 않고 이상을 잃어버릴 때 늙어가나니
기쁨과 용기 힘의 영감을 받는 한 언제까지나 청춘일 수 있다네
희망의 물결을 붙잡는 한 그대는 여든 살이어도 늘 푸른 청춘이라네
청춘이란 인생의 어떠한 시기가 아니라 마음 가짐을 뜻하나니
누구나 세월만으로 늙어가지 않고 이상을 잃어버릴 때 늙어가나니

- 이하 생략 -

사무엘 울만이 78세에 쓴 시, 맥아더 장군이 책상에 걸어놓고 매일 암송하고 애송하며 용기를 얻었다고 하는….

마음이 따뜻해지며 주위가 밝은 빛으로 가득했다.

텔레비전에서 크리스마스 캐롤이 울려 퍼진다. 산타할아버지와 귀여운 아이들의 환호성이 지나간 긴 시간 위에 아름답게 펼쳐졌다.

금년 한 해는 곳곳에 크고 작은 슬픈 일들이 많았다. 서로를 배려하고 따뜻한 손길로 마음을 나누며 웃음이 피어나는 세상이 되기를 바라면서 새해를 기대한다.

- Merry Christmas & Happy New Year!!

크리스마스와 새해에 행복한 일만 있으시기를 기원합니다.

제3부

# 눈꽃 나무

모든 일에 생각을 반듯하게 갖고
중용의 길을 걷는다는 것은
가장 어려운 일이란 생각을 한다.

우리의 삶은 바람과 같다.
부드럽고 온화하게 불어오기도 하고
비바람이 몰아치는 폭우가 되어 괴롭히기도 한다.
누구나 살갑게 안기는 나긋한 바람이 되기를 바라는 마음이다.

# 공항으로 가는 길

어둠이 서서히 걷히며 아침이 밝았다.

여명의 햇살이 가슴 뿌듯 안겨오며 마음을 포근하게 해주었다. 짙푸른 바다에 잔잔한 파도가 일며 가까이 밀려왔다. 아침 햇살을 안은 물결은 은비늘처럼 반짝이며 멀리 번져나갔다.

언제 보아도 넉넉한 바다, 길게 뻗어 나간 교각 위로 물새도 날고 나도 작은 새가 되어 높이 하늘로 떠올랐다. 끝없이 흐르는 바다를 바라보며 설레임과 왠지 애틋한 마음이 교차한다.

많은 인연들을 뒤로하고 잠시 새로운 시간속으로 떠나보는 여행이다. 끝없는 삶의 대열 속에 바쁘게 달려오다 멈춰 돌아보았다. 다정한 사람들이 웃고 있다. 오늘은 어떤 인연이 동행하며 그림을 그려줄까 잠깐 생각에 잠겼다.

이른 새벽 고속도로 위에 펼쳐진 시간은 평화로웠다. 옛 흔적들을 하나씩 담아내며 정겹게 했다. 늘 곁에 있으면서도 때로는 잊고 지났던 긴 세월들이 물결따라 흘러간다. 겨울잠을 자며 잠시 움츠렸던 마음들이 부스스 일어났다. 생동감이 일며 긴장감도 주었다. 역사의 흐름에 동참하며 함께 걸어온 시간들, 꿈과 희망도 함께하며 현재에 이르게 했다.

세월의 고뇌를 조화롭게 간직하며 빚어놓은 산들의 풍경이 아름답게 보였다. 붉은 민낯의 얼굴이 짙은 담록색이 되어 계절마다 아름다운 옷으로 갈아입는 우리의 산야. 자연이 그려주는 한 폭의 풍경화는 늘 감동을 주며 그곳에서 서성이게 한다. 지도자의 능력은 국가의 발전뿐만 아니라 사람들에게 큰 힘이 되고 활력을 준다.

세계와 한국을 이어주는 국제공항, 역사의 흐름은 많은 변화를 가져다 주었다. 70년도 초, 김포공항 풍경이 떠오른다. 가족이 해외로 나가는 일은 쉽지 않던 시절이었다. 여러 가지 어려운 과정을 거쳐 공항에 도착했다. 그때는 반공교육은 필수였다. 두근거리는 마음을 안고 많은 친척 형제들의 배웅을 받았다. 웃고 울며 옆으로 길게 줄을 서서 기념촬영도 했다.

50년전 공항풍경이다. 돌아보면 웃음이 나오는 아련한 추억의

장이다. 그때는 해외에서 북한 사람을 만나면 가슴이 철렁 내려앉았다. 놀라서 도망치듯 집으로 돌아오기도 했다.

50년 가까운 세월에 많은 변화가 있었다. 변한다는 의미는 희망을 주기도 한다. 국가의 발전은 기쁨이지만 급격히 변화되는 시대의 급물결은 이방인처럼 낯설고 두렵다. 어린아이처럼 불안하고 조바심이 난다.

짙푸른 바다에 작은 파도가 일며 끝없이 부딪치고 깨어진다. 물결 위에 현세의 움직임이 영상처럼 아련히 보였다. 아픔이 어떻게 표현되고 있을까. 말끔히 씻어내 주는 시간을 기대하며 한동안 바다를 응시했다.

수면 위로 한 마리의 물고기가 높이뛰기를 하고 있다. 창문을 열고 그들의 유희를 보며 나도 함께 높이 오르고 있다. 웃음도 하늘로 날은다. 행복은 참 소소한 것에서 오기도 한다. 힘차게 약동하는 그들의 힘이 전해지며 서서히 활력이 솟는다. 우리는 별것 아닌 것에서도 순간 즐거움을 갖게 된다.

글로벌 시대의 지구촌 모습들도 다양하다. 우리의 옛 모습을 시간과 공간 그리고 현재에 맞게 옮겨 놓은 듯한 동양의 여러나라, 거대하게 발전한 서양의 문화 문명들, 동서양의 거리 문화가 이웃집처럼 정겹게 다가온다. 세계는 물속에 비친 반영처럼 또 다른 세상 속의 깊이를 색다른 취향에 맞추며 풀어놓는다.

세계 으뜸인 거대한 인천공항과 김포공항이 함께 반긴다. 전에처럼 정체되지 않는 공항가는 길, 반포로를 지나 김포공항으로 가는 길은 늘 조바심을 갖게 했다. 지금에 비하면 차들의 숫자도 적었는데 도로는 늘 주차공간 같았다. 파헤쳐진 붉은 황토흙, 허물어진 건물들, 이제는 고층 아파트와 세련된 빌딩들로 변화를 주고 차들은 말끔하게 닦여진 고속도로 위를 시원스럽게 질주한다.

불안한 정국은 무사히 내가 고국으로 돌아올 수 있을까 그런 생각을 갖게도 한다. 내 조국이 건재하다는 것처럼 미덥고 행복한 것은 없다. 우리는 늘 고향을 그리는 마음처럼 그보다 더 고국을 그리며 사랑한다.

태극기가 힘차게 바람에 휘날리고 있다. 활력이 솟아오르며 자연의 숨소리와 더불어 힘차게 살아가는 삶의 의미를 깊게 담아본다.

# 새로운 무대

-Turning Point

나무들의 작은 숨소리가 가까이 들리는 듯하다.

이제 갓 피어오른 아기잎들이 소곤거리는 바람 소리도 들렸다. 나무가족이 숨을 쉬며 이야기를 나누는 소리였다. 가냘픈 가지들이 푸른 하늘아래 바람에 흔들리며 노래하듯 움직이는 몸짓은 조용한 클래식 음악을 들을 때처럼 감미로운 여운을 남겼다.

온통 녹색정원이다. 나무들이 품어내는 숲의 향기 피톤치드가 마음을 상쾌하게 해준다. 깨끗하게 다듬어진 넓은 잔디밭 위에 오롯이 자리잡고 있는 예쁜 집들이 정겹다. 잎보다 먼저 꽃망울을 피워가며 자랑하듯 띄엄띄엄 우뚝 서 있는 키 큰 꽃나무들. 조용한 휴양지에 온 듯 마음이 풍요롭다.

잔디밭을 걸을 때마다 넓은 대지와 투명한 햇빛 그리고 맑은 색이 담겨있는 나무들의 자태에 매혹된다. 오염되지 않은 자연의 빛 그대로이다. 종일 수목원을 거니는 듯 숲이 주는 행복에 미소가 담긴다. 워즈워스 시인의 전성기 배경은 숲속 호수였다 한다. 숲이 주는 낭만적인 풍경에 늘 감사하며 잠시 마음을 풀어놓는다.

높은 건물이 하늘을 가리지 않아 동서남북이 모두 보여 시원했다. 끝없이 펼쳐진 하늘이 넓기만 하다. 빙글 돌아보며 무심결에 나온 말 '하늘을 보니 정말 지구가 둥글다는 것을 실감나게 하네~' 철없는 어린아이처럼 말을 하고선 피식 웃음이 나왔다.

나즈막하게 자리 잡은 중심지 마켓거리의 활자들이 바람처럼 흐르듯 지나간다. Montgomery Square, Target, Barnes &Noble'… English Village를 지나며 순간 익숙한 활자가 눈에 들어왔다. Turning Point 터닝포인트! 차는 천천히 그곳으로 향했다.

실내로 들어섰다. 테이블에 앉은 정다운 모습들이 보인다. 창가에 앉아 따뜻한 민트티를 마시며 창밖의 거리를 바라보았다. 산뜻한 향이 스며들며 마음을 느긋하게 해주었다. 지나간 날들이 하나둘 실타래를 풀어놓듯 쌓이며 마음이 젖어든다.

삶의 시간들을 돌아보며 나에게 몇 번의 터닝포인트가 있었는가 생각을 했다. 인생의 길에 크고 작은 진한 쉼표를 찍으며 흘러간 지워지지 않는 순간들이 보였다.

웃음과 슬픔이 담긴 시간들은 바람처럼 지나가며 자신을 좀 더 성숙하게 해준다. 앞으로 몇 번의 터닝포인트가 내게 주어질까.

하늘은 구름 한점없이 맑고 푸르다. 연둣빛 나무들이 조용한 거리를 지켜주고 바람은 가볍게 포옹을 하며 그들 사이를 지나갔다. 빨간색 차가 창가에 머문다.

우리의 삶은 바람과 같다. 부드럽고 온화하게 불어오기도 하고 비바람이 몰아치는 폭우가 되어 괴롭히기도 한다. 누구나 살갑게 안기는 나긋한 바람이 되기를 바라는 마음이다.

처음 이곳 필라델피아에 도착했을 때는 개나리와 수선화가 모든 집 앞과 도로변을 노란색으로 칠해 주었다. 옅은 회색빛의 나무들 사이에서 어린아이 표정처럼 밝은 빛이 유난히 돋보였다.

따스한 노란빛이 떠나간 후엔 흰색의 벚꽃 나무들이 집집마다 거리마다 하나같이 피어나서 온통 거리는 하얀빛이었다. 큰 행사가 있을 때 똑같은 색의 유니폼을 입은 것처럼 그렇게 나무들은 옷을 갈아입었다. 다른 색채가 섞일 듯한데 어쩜 조경이 하나같이 통일되어 있었다.

흰 벚꽃이 모두 졌을 때는 모란꽃과 굵고 키 큰 분홍빛 꽃나무들이 풍요롭게 가득 피었다. 녹색 잔디밭에서 시선을 모으며 아름다운 자태를 보여주고 있다. 나무들은 오랜 세월을 지켜온 듯 하나같이 모두 키가 크고 굵고 튼실하다. 꽃을 가득 담고 탐스럽게 우뚝 서 있다.

날이 바뀌면서 키 작은 연산홍 꽃이 모습을 보여 준다. 그들은 잎이 풍성해진 나무들 사이에서 빨갛게 물들여졌다. 곱게 꽃장식을 해주고 며칠 후 사위어갔다.

쑥쑥 자라는 아이들처럼 가지들을 키우며 초록빛 잎들은 더 큰손으로 자랐다. 숲은 더욱 짙어졌다. 도시는 마술사가 지나가듯 색의 변신을 가져왔다.

울창한 숲의 조화를 이루면서 봄빛 해가 저물었다. 시간은 조용히 그들의 삶을 변화시키며 우리의 곁을 빠르게 지나갔다. 한 계절이 한순간처럼 짧았다.

손에 잡힐 듯하면서도 아무것도 남아있지 않는 허전한 두손을 마주잡고 천천히 숲길을 걸었다.

우리는 휴식의 시간이 필요하다. 바쁘고 정신없이 돌아가는 일상에서 벗어나 가끔은 재충전의 시간을 갖기를 원한다. 에너지를 보충해 주어야 한다.

삶의 무게가 버거울 때 잠시 여행을 떠나 모든 것을 잊고 다른 무대에서 자신을 돌아본다.

휴식을 보내며 재충전의 시간을 갖자. 인생의 터닝포인트를 만날 수 있다. 이제 열정적인 여름을 맞이하며 또 다른 희망을 갖자.

봄이 떠나가는 길을 걸으며 나도 그곳을 떠났다.

# 바하마 크루즈 여행

수평선 위로 붉은 원이 슬며시 얼굴을 들고 솟아오른다. 태양은 수줍게 모습을 조금씩 보여주었다. 구름 사이로 잠시 숨는 듯 그러나 곧 환하게 웃으며 붉게 물든 모습으로 나타났다. 큰 원을 그리며 솟아오른 해를 보자 탄성이 나오며 가슴이 벅차올랐다. 매일 바라보는 해와는 또 다른 큰 감동을 주었다.

아름다운 섬들로 이루어진 군도 바하마, 크루즈 여행은 처음이다. 세상을 조금은 색다른 방법과 시선으로 보며 하는 여행이라고 할까. 플로리다에서 하루를 보내며 잠시 옛 생각에 잠겼다. 오래전 플로리다 해변에서 뜨거운 태양 아래 종일 낚시를 했던 순간들이 그려진다. 우리가 승선할 배가 정착되어 있는 포트로 여행선의 버스를 타고 이동을 했다.

객실의 발코니에서 바다에 펼쳐지는 일출과 낙조의 멋진 장관을 지켜볼 수 있는 행운을 가졌다. 바닷바람이 온몸으로 스며든다. 누구나 살갑게 안기는 나긋한 바람이 되기를 바라는 마음이다. 바다는 굽이치며 흐르는 담청색 물과 하늘과 바람을 담고 흐르고 있다. 선체에 부딪치며 몸부림을 치듯 흰 거품을 쏟아내면서도 지치지 않는 광활한 바다. 가끔 물 위로 높이 뛰어오르는 고기들과, 이를 지켜보며 날아오르는 물새들 그들이 펼쳐주며 유희를 즐기는 모습도 보였다.

낯선 도시 바하마 수도인 나소Nassau, '캐리비안의 해적'의 실제 배경인 곳이다. 탑승객 전원이 갑판으로 나와서 줄을 지어 안전교육과 비상시 탈출교육도 받았다. 움직이는 호텔, 거대한 리조트이다. 호화유람선 타이타닉의 선상이 떠올랐다.

시원한 바람이 불어왔다. 유람선은 큰 몸체를 과시하며 위용을 떨치듯 나아갔다. 흰빛의 큰 선체가 햇빛에 반사되어 더욱 찬란하게 보였다. 작은 섬 프린세스 케이, 집촌 마을인 섬에 모두를 풀어놓았다. 긴 해변을 따라 가득 놓여있는 푸른 비치체어가 그림처럼 아름답다. 섬과 옥색 바닷물이 파도치는 해변의 풍경이 어우러져 영화의 한 장면을 연상케 했다.

다양한 국적의 사람들과 밤낮으로 일주일을 지내는 동안 새로운 세계에 익숙해지려 했다. 승객들은 거대한 규모의 공간에서 종일 자유를 누리며 시간이 증발해 버린 듯 다양한 시설, 화려하고 고풍스런 분위기를 즐기고 음악도 들으며 열정적으로 시간을 보냈다. 12층에 올라 느긋하게 선탠도 하며 모두 편하게 누워 하늘과 바다 사이에서 낭만을 즐겼다. 바닷바람이 잔잔하게 불어 왔다.

편안한 휴식도 좋지만 원초적인 생활로 하루의 시간이 금세 지나가 버리는 것 같아 조금은 안타까운 마음이 들었다. 오랜 기간 같은 한 공간에서 휴식을 갖으며 생활하는 것은 시계의 태엽이 풀려있듯 마음을 느슨하게 만들며 나태해지는 것 같다. 모든 일에 생각을 반듯하게 갖고 중용의 길을 걷는다는 것은 가장 어려운 일이란 생각을 한다.

끝없이 드리워진 바다. 바람은 푸른색 물결 위에서 여러 모습으로 춤을 추듯 쉼 없이 율동을 보였다.

# 아름다운 비상

한 해가 바뀌면서 작은 소망들을 담아본다. 꿈이 있는 것은 없는 것보다 조금은 희망적이며 생동감을 안겨준다. 새들처럼 큰 날개를 펼치며 하늘높이 오를 수는 없지만 비상의 꿈을 가져 보기도 한다.

햇빛이 따스하게 내리는 어느날 넓은 초원의 길을 달렸다. 큰 나무들이 줄지어 있는 숲과 푸른 하늘과 그 아래로 펼쳐진 잔디밭이 시원하게 보였다. 순간 신기한 장면이 보여 멈추었다. 넓은 잔디밭 위에 가득 거위들이 모여 있었다. 몇백 마리로 보이는 거위들이 도로를 사이에 두고 오른쪽에서는 동쪽을 향하고 왼쪽은 서쪽을 바라보며 미동도 하지 않은 채 정렬을 하고 있었다. 기이한 모습에 한동안 바라보고 있어도 움직이지 않는다. 그들은 무슨 생각을 하며 미동도 않고 저렇게 서서 있을까.

며칠이 지난 어느 날이었다. 그 날은 수많던 거위들이 어디로 갔는지 한 마리도 보이지 않았다. 며칠 후 또 다시 그 길을 지날 때였다. 갑자기 거위들이 모두 일어나 하늘을 가리며 가득 날고 있었다. 검은 빛이 드리워져 두려움이 일었다. 모두 큰 날개를 퍼득이며 어디론지 가고 있었다.

거위가 날 수 있다는 것이 신기했다. 푸드득 낮게 날 수는 있지만 저렇게 하늘 높이 난다는 것은 상상하지 못했다. 그들도 비상의 꿈을 갖고 있었나보다. 하긴 야생거위는 새들처럼 날아서 따뜻한 곳을 찾아간다고 한다. 플로리다 쪽으로 갔을까. 그들의 비상을 보며 오래전 철새들의 군무를 보기 위해 금강하구로 떠났던 생각이 났다. 한동안 사진 촬영에 몰두하여 지방으로 여행을 다닐 때였다.

- 철새들의 군무는 하늘에 펼쳐지는 예술의 세계를 보는 것과 같았다. 안개가 들녘에 펼쳐있다. 구름처럼 길게 누운 안개는 부드러운 실크의 한 자락처럼 공중에서 나지막하게 흐르고 있다. 계곡에 머무르던 안개는 서서히 태양에 밀려가고 있었다. 자연 속에 존재하는 모든 것은 새로운 주인공이 다가오면 주저 없이 뒤돌아보지 않고 자리를 비켜주는 듯하다. 우리의 삶 속에

묻어있는 일상적인 것과 비슷하다.

비상을 해라. 비상을 해라! 모두들 염원하며 하늘과 강물을 바라보고 있다. 갑자기 요란한 함성이 울려 퍼졌다. 새들이 무리를 지어 하늘로 솟아오르기 시작했다. 붉은 구름 한 자락을 뒤로 한 채 하늘로 오르는 수많은 새들의 형상, 하늘에서 펼쳐지는 그들의 연출은 가슴 깊이 환희와 경이로움을 주었다. 낙조가 깃든 금강호 하늘에서 수십만 마리의 가창오리가 여러 모양으로 펼쳐 보이는 군무는 신비스러웠다. 아름다운 그들의 축제였다. 그 많은 숫자의 무리가 흐트러짐 없이 선두에 있는 지휘자의 뜻대로 따라가며 움직이고 있었다. 승무를 추는 여인의 비단 천처럼 선이 곱게 움직이며 부드러운 율동으로 이동을 하고 있다. -

저녁노을이 병풍처럼 드리워지고, 다리 아래 그려지는 불빛들과 강물에 비쳐진 작은 도시, 그리고 하늘 위로 웅장하게 펼쳐지는 철새들의 군무는 마음 깊이 감동을 주었다. 금강하구 둑에서 만나는 사람들은 아름답게 보였다. 우리가 깊이 사랑하는 모든 것들은 언젠가는 우리 자신의 한 부분이 된다. 새들과 자연과 내가 한 부분으로 엮이고 존재하며 어우러지는 순간 무한한 행복을 안겨 주었다. -

그날의 철새들과 하늘로 오르던 '거위들'. 그들의 비상을 생각하며 문득 어느 가수가 부르던 '거위의 꿈'이 스쳐갔다.

'그래요. 난 꿈이 있어요. 그 꿈을 믿어요. 언젠가 난 그 벽을 넘고서 저 하늘을 높이 날을 수 있어요 ~'

우리 사회도 개개인의 우월감을 접고 현명한 지도자의 리더쉽에 따라 마음을 함께 한다면, 철새가 보여주는 군무보다도 더 멋지고 아름다운 웅장함을 만들며 큰 세상 속으로 영원히 비상을 할 수 있을 것을. 언제쯤 그때가 될까.

주위의 모든 일상이 작은 날갯짓으로 소망을 이룰 수 있기를 바라며 아름다운 비상의 꿈을 꾸어본다.

# 눈꽃 나무

펜실베이니아 베들레헴Bethlehem으로 가는 길.

끝없이 이어지는 아스팔트 길을 차는 달린다. 세찬 겨울바람이 불어오고 희끗희끗 눈발이 흩날리면서 차 앞 유리창에 머무른다. 산자락의 나무들이 빠르게 은빛으로 옷을 갈아입었다, 급격히 떨어진 온도에 갑자기 내린 눈은 고운 설화가 되어 나무에서 꽃을 피우고 있다. 햇빛을 받아 별꽃처럼 눈부시게 빛났다.

길가 낮은 언덕의 앙상한 나무들이 모두 반짝이며 크리스마스 트리를 연상시켰다. 한낮에 별꽃들이 순식간에 피어나는 것은 처음 본다. 신기한 세상을 온 듯 창밖의 세계를 바라보며 오늘의 일정이 시작되었다.

사립고인 M학교 교정으로 들어섰다. 30년 전의 정경이 이곳에 다시 펼쳐졌다. 그때의 내 나이가 된 2세를 바라보며 회상에 젖었다. 교정의 넓은 잔디밭이 보인다. 나지막한 건물들, 교실들, 정겹게 보이는 기숙사 숙소, 체육관, 축구장, 그리고 교무실 등. 어린 나이의 소년 모습이 떠올라 애잔한 마음이 든다. 현재 재직중인 교장선생님의 친절한 안내를 받으며 생활하던 교내 구석구석을 돌아보았다. 현관 입구에서 화려하게 장식된 크리스마스 트리가 반긴다.

그때를 회상하며 웃음짓는 40대의 두 남자와 나의 공주가 바람과 함께 눈길을 걸으며 옛 시간을 찾아다녔다. 아련한 추억들이 바람의 울음소리에 부대끼고 있다. 넓은 학생 식당에서 그날의 점심 식사를 대접받으며 왠지 모두 마음이 숙연해졌다. 옛 추억은 아름답기도 하지만 쓸쓸한 마음으로 다가오기도 한다.

거리로 나왔을 때에는 더 많은 눈이 내렸다. 금새 도로변의 나무들이 하얀 옷으로 갈아입었다. 자동차 위에 쌓인 눈은 솜이불처럼 포근하게 느껴졌다. 바람이 불 때마다 고운 눈가루들이 휘익 나부낀다. 차가운 기온이 움츠리게 했지만 한적한 곳에서 맞이하는 설경은 깊은 여운을 남겼다. 이국에서 바라보는 겨울의 정취, 눈꽃으로 덮힌 키큰 나무들이 신비스럽다.

나는 설화를 오늘처럼 우연찮게 맞이한 행운이 두 번 더 있었다. 오래전 설악산 오색약수에 오를 때 처음으로 만났다. 그날의 축복이었다. 신기한 형상의 눈꽃을 보며 아름다운 풍경에 푹 빠졌다. 그리고 몇 년 후 눈의 나라에 여행을 온 듯 착각이 들 정도로 감탄을 한 날이 또 찾아왔다.

매년 설 연휴에는 의례적으로 남한산성을 간다. 남문으로 해서 성곽길을 따라 수어장대까지 오르며 그곳에서 머무르다 다시 내려오는 코스를 좋아한다. 젊었을 때 처음 운전 주행 연습을 하며 다닌 곳이 남한산성이었다. 자주 찾다 보니 길이 익숙해졌고 정이 들어 마음이 내킬 때마다 쉽게 찾아가던 곳이다. 어느 해는 발목까지 오는 눈길을 푹 빠져 가면서 성곽을 따라 오르며 많은 사색에 잠기기도 했다.

그해에도 설 다음 날이었던 것 같다. 약간 바람이 불고 춥기는 했지만 그런대로 좋은 날씨였다. 굽이굽이 산길을 오르고 남쪽 성문을 들어섰다. 성문으로 차가 들어선 순간 놀라운 정경이 눈앞에 펼쳐졌다. 좁은 문 하나를 통과했을 뿐인데 밖의 세상과는 전혀 다른 하얀 세상이었다. 그냥 눈이 쌓여 있는 것이 아니라 보이는 모든 곳이 눈꽃으로 피어있는 동화속의 나라처럼 보였다.

땅에 있는 작은 풀들에서부터 크고 작은 나무들에서 본래의 모습은 하나도 찾아볼 수 없었다. 모든 생명체가 꽃의 형태로 만들어진 눈꽃나무만 가득했다. 성곽을 따라 오르는 길 주변의 모든 것, 또한 푸른 솔잎 하나 찾아볼 수 없었다. 소담스런 꽃송이를 안고 있는 설화의 나무들이었다. 품에 안고 머리에 이고 나란히 서 있는 나무들과 동그란 풀들, 잔잔한 눈꽃이 아닌 목화솜으로 쌓여있는 하얀 나무가 겨울왕국의 애니메이션을 보는 듯했다.

사진에 입문하여 사진작가로서 한창 촬영을 즐겨 다닐 때 꼭 한번은 가보고 싶었던 곳이 있었다. 덕유산의 겨울 풍경이다. 그곳의 눈꽃은 상고대Rime ice라고 일컬어지고 산자락 모두가 하얗게 서리꽃으로 피어있다고 한다. 눈의 계절이 되면 TV에서 눈 속의 상고대를 보여준다. 순수한 우리말로는 나무서리, 서리꽃이라고도 한다. 이젠 큰 카메라를 메고 다닐 힘도 없고 그런 생각은 접었다.

남한산성의 설국은 지금까지도 아름다운 영상으로 남아있다. 그 이후 겨울에 여러 번 갔으나 많은 눈이 쌓인 것은 보았지만 그날처럼 설화의 풍경은 볼 수 없었다. 눈의 세계가 보여주는 그림은 감탄을 떠나 몸과 마음에 묘한 기분이 들게했다.

인위적으로 만들 수 없는, 창조주와 자연만이 그려낼 수 있는 환상적인 세상. 우리의 생활에서도 요술 램프의 마술처럼 자고 나면 생각지 못한 그런 일들이 일어날 수 있을까. 인생의 삶에서 즐거울 때 웃음꽃이 피듯 우주에서도 어떤 스페셜한 일이 있을 때 눈꽃으로 피어 우리 세상에 내려올거라는 상상을 해본다.

베들레헴으로 가는 먼 길에서 만난 눈 속의 별꽃무리들 설화雪花. 올해는 크리스마스 트리에서 별빛을 보며 지난 시간을 펼쳐 보아야겠다. 햇빛에 반짝반짝 빛나는 노란 불꽃들은 지나온 여정을 밝혀주며 꿈을 꾸듯 하나하나 일깨워 주는 스러지지 않는 불꽃이었다.

# 숲속의 울음소리

화려한 꽃들의 행진이 빠르게 지나갔다.

지나간 자리에 크고 작은 나무들이 어우러져 녹색의 마을을 아름답게 펼쳐주고 있다. 숲길을 걸으며 철따라 변화되는 사계절 풍경에 감사하며 하늘을 바라보았다. 저녁노을 속에 흰 구름이 부드럽게 펼쳐있다. 자연이 들려주는 이야기는 늘 감동을 준다.

묘한 울음소리에 꿈에서 깨어나듯 정신이 들었다. 라일락 꽃 그늘에서 살금살금 걸어나오며 바라보고 있는 작은 동물, 검은빛 줄무늬가 있는 토실한 검은 고양이 한 마리가 앞에서 멈추어 선다. 귀여운 검은 고양이 네로? 아니다. 갑자기 에드가 앨런

포우Edgar Allan Poe의 검은 고양이The Black Cat가 연상되었다. 소설 속의 그 울음소리가 들리는 듯 순간 두려웠다. 평소에도 냥이 그들을 만나면 눈길을 돌리며 돌아서 간다. 어릴적에 읽었던 소설속의 장면들이 깊게 머릿속에 녹아 있어서일까. 이불을 쓰고 무서움에 떨며 책장을 접었다 펼쳤다 하면서 읽은 장면들이 고양이를 보면 연상된다.

슬금슬금 건너편으로 사라졌다. 이곳 작은 공원에는 정자도 있다. 어느 부인이 늘 먹이를 가져와 정자가 있는 풀밭에 음식이 담긴 그릇을 놓고 그들을 기다린다. 처음 고양이를 보았을 때는 귀여운 아기고양이였다. 날이 지날수록 이제는 튼실하게 자랐고 몇 마리의 가족을 이루고 있다. 노란색도 있고 회색빛도 있고 검은색도 있고 정원 한구석에는 어설픈 작은 나무집도 있다. 그들을 보면 나는 왠지 어린아이처럼 겁이 난다. 비가 오는 날 냥이를 만나면 주위를 살피며 인적을 찾게 된다.

해외에서 지낼 때의 일도 떠오른다. 땅거미가 지고 어둑어둑해지면 정원의 담장에서 묘한 울음소리가 나며 싸움을 하는지 두 마리가 엉켜 있다. 어둠 속에서 들려오는 울음소리는 공포감을 주었다. 불처럼 쏟아지는 눈빛도 싫다. 요즘 반려동물로 키우는 사람들도 많은데 왠지 난 선듯 애정이 가지 않는다.

몇해 전 필라델피아에 있는 에드가 앨런포우의 집을 방문했다. 아내 버지니아와 장모 마리아 클렘과 함께 1843년에 살던 집이었다. 근처 주차장에 차를 두고 걸어갔다. 겨울의 거리는 침울했고 바람이 세차게 불며 눈이 내렸다.

저택의 작은 문을 열고 들어서자 사무실에서 직원들이 반갑게 맞이해 주었다. 좁은 공간이었지만 포우의 사진들과 연혁과 상세한 내용들이 담긴 포스터가 벽에 가득했다. 안내자를 따라 좁은 공간인 아래 위층을 조심스레 걸어갔다. 몸이 움츠러들었다. 왜 그럴까. 소설속의 장면이 그대로 이곳에 펼쳐져서 긴장되었다. 낡은 층계를 내려가며 층계에서 벌어진 끔찍한 일들이 떠올랐다.

이곳 지하실과 '검은 고양이'에 나오는 지하실의 유사함이 포우 작품 속 영감의 출처 곧 그의 주변 환경을 예시해주는 듯 그렇게 보였다. 난간을 잡고 가파른 계단을 오르락내리락하며 지하실까지 조심스레 살펴보았다. 왠지 희끄무레한 벽 속에서 무엇인가 나올 것 같은 분위기에 불안한 마음도 들었다. 길지 않은 시간을 보낸 후 작은 문으로 다시 나와 건물을 바라보았다. 바람이 불며 눈보라가 휘몰아친다.

돌아오며 문득 요즘 젊은이들의 잔인한 살인사건이 떠올랐다. 태연하게 자백을 하는 그들의 사실 고백은 무엇을 말해주고 있는가. 잠재해 있는 인간의 잔혹성을 재현하는 그들은 누구일까. '포우의 고양이'가 그들의 내면 속에 도사리고 있어서일까. 또한 성악설 성선설을 생각하게도 된다.

무서운 영상 추리소설을 쓰는 작가 포우지만 사랑하는 아내가 26세의 어린 나이에 폐렴으로 이별하자 버지니아 클렘을 그리워하면서 쓴 그의 지순한 사랑의 시 '아나벨 리'가 있다. 결국 떠나간 부인을 그리워하고 못잊어 하다 2년 후, 볼티모어의 싸늘한 눈 속에서 술에 취한 채 잠을 자다가 결국 40세의 짧은 생애를 마감한 포우. 그의 아름답고 애달픈 시어가 마음에 깊게 젖어 든다.

아나벨 리Annabel Lee

-중략-

달도 내가 아름다운 아나벨 리의 꿈을 꾸지 않으면 비치지 않네.
별도 내가 아름다운 아나벨 리의 빛나는 눈을 보지 않으면 떠오르지 않네.
그래서 나는 밤이 지새도록 / 나의 사랑, 나의 사랑, 나의 생명,
나의 신부 곁에 누워만 있네./ 바닷가 그곳 그녀의 무덤에서
파도 소리 들리는 바닷가 그녀의 무덤에서.

우리의 마음 안에는 늘 선과 악이 집을 짓고 조용히 잠자고 있는 듯하다. 시시때때로 그것을 조정하며 지휘하는 개체가 환경 또는 기분에 따라서 부스스 일어나 고저음을 내며 요동치고 울 밖으로 뛰쳐나와 제어할 수 없는 상태가 된다. 시대의 변화에 따라 더욱 내성이 강하게 변형되고 악으로 크게 변질되며 변이 된 강한 코로나 병균처럼 생체가 잔혹한 성향으로 바뀌는 것이 아닐까. 모두들 감각이 무디어져서인지 상상할 수 없는 일들이 뉴스마다 넘쳐나고 있다.

계절은 빠르게 바뀌며 세상일에는 무관심한 듯 자연 속에 피고 지고 있다. 공원에서 벗어나 큰 나무들이 줄지어 선 숲길을 걸었다. 숲 풀밭에 앉아있던 노란 고양이가 일어나 바라보고 있다. 괜찮아 손을 흔들며 웃었다.

요즈음 할 일이 멈추어선 것 같아 아쉬움이 남는 날들이다. 시간은 쉼 없이 가고 있는데 긴장감은 없고 생각만 쌓여간다. 어제 종일 내린 비가 개울에서 힘차게 흐르고 있다. 넓게 줄지어 자란 녹색 수초들은 바람에 물결을 이루며 청보리밭을 연상시켰다. 그들 속에서 노란 꽃 한송이가 손짓하며 세상 이야기를 들려주고 있다.

# 라스베이거스Las Vegas의 크리스마스

겨울바람이 세차게 분다. 낙엽들이 바람에 날리며 몸부림치듯 버스럭 소리가 유난스럽게 들렸다. 새해의 물결이 밀려오며 한해가 힘들게 떠나고 있다.

새로운 곳에서 아침을 맞이했다. 할리우드Hollywood와 L.A.의 거리를 걸으며 따뜻한 손길이 흐뭇해 웃음이 피어오른다. 오랜만에 가족과 함께 시간을 보내니 마음이 푸근하다.

말끔하게 조성된 신시가지 거리에 한국식당 간판들이 나란히 있다. 며칠간 한가한 시간을 보내며 많은 곳을 돌아보았다. 다양한 문화가 있는 곳, 할리우드의 명예전당, 거리를 걸을 때마다 황금별 안에 있는 손자국들이 발걸음을 잡는다.

Las Vegas로 이동을 했다. 1905년 사막에 세워진 도시. 관광객이 매년 4천 2백만 명이 드나드는 곳, 무지개빛 조명들이 현란스럽게 비친다. 음악과 조명 아래 테마가 있는 멋진 공연이 펼쳐졌다. 사람들은 한 체인으로 묶여있는 듯 긴 줄을 이루며 축제의 분위기를 즐기고 있다. 가는 곳마다 독특한 자기만의 컨셉이 있고 그에 맞춰서 즐거움과 볼거리를 안겨 주며 호텔들은 모습을 보여준다.

동화의 나라를 연상케 하는 크리스마스 장식과 밀려오는 인산인해, 고유의 의상이 눈길을 끌며 세계인의 전시장 같았다. 군중들에 밀려가며 거리를 걸어도 그냥 기분이 좋아지는 라스베이거스의 밤.

음악에 맞춰 춤추는 벨라지오의 분수쇼. 밤하늘에 펼쳐진 화려한 문화를 보며 분위기에 푹 젖어 밤은 깊어갔다. 작은 수로위에 펼쳐진 파리의 에펠탑. 찬란한 빛을 연출하며 춤추는 럭셔리한 분수쇼를 오랫동안 바라보며 옛 생각에 젖어있었다.

이슬비가 내리며 마음도 흥건히 젖었다. 난간에 기대어 망연히 비를 맞으면서 춤추는 물줄기를 바라보고 있는 사람들, 옆 사람과 무언의 대화를 나누며 이렇게 12월의 크리스마스 밤은 지나가고 있다. 미소를 보여주지만 그들의 표정은 쓸쓸해 보였다. 나도 그들과 별로 다르지 않았다.

밤은 정직하게 감정을 표현하게 했다. 화려한 분위기와 찬란한 색채가 안겨주는 감정은 느끼는 사람에 따라 슬픔도 주고 기쁨도 주며 자기 마음에 머무른다. 소란스럽게 환호성을 지르는 사람들은 한곳에 오래 머무르지 않았다.

아름다운 야경, 시끌벅적한 음악으로 물들며 길을 거닐다 보면 꿈의 거리를 걷고 있는 듯 몽환적인 분위기를 느낀다. 베네치아를 떠올리게 하는 수로, 노를 저으며 배는 유유히 흘러간다. 곤돌라 선상에서 산타루치아를 부르는 그들을 따라 흥얼거리며 한동안 지켜보았다.

며칠 후 필라델피아로 돌아왔다. 한 달이 지났을까. 세상의 분위기가 코로나로 인해 급변하며 긴장감을 주었다. 큰 마트에 쌓여 있던 상품들이 텅 비어가고 있다. 공항으로 왔을 때는 스튜어디스와 나만 마스크를 쓰고 있었다. 이곳은 아직 사람들이 서로 눈치를 보며 쉽게 쓰지를 않았다.

귀국하고 보니 우리나라는 마스크 전쟁이었다. 한 달 전의 시간이 오래전에 있었던 옛일들처럼 기억되며 불안감이 쌓였다. 코로나에 쫓기며 멍한 상태로 시간은 빠르게 흘러갔다. 그렇게 2년이 지났다. 2년 전과 지금은 완전히 다른 세상이다. 코로나 팬데믹 시대이다.

이제 해외를 다녀오겠다는 마음은 점점 엷어지며 바래어졌다.

사람들의 물결 속에 보내던 그 시간이 제자리로 다시 돌아올 수 있을까, 앞으로 어떠한 일들이 일어나며 무슨 형태로 세계의 이상 변동이 일어날지 우리는 알 수가 없다. 매일 이렇게 마스크를 쓰고 일상을 보내는 세상이 되리라고는 상상도 해보지 않았으니 말이다.

답답한 굴레나 걸림돌이 없는 자유로운 생활이 얼마나 소중하고 행복한 삶인지 새삼 느껴진다. 그런 평범했던 일상의 기쁨을 누릴 수 있는 평화로운 날들이 오기를 소망한다.

모두 희망의 꿈을 갖자고 한다. 하늘 높이 비상하는 그런 꿈을 꾸어볼까, 새해에는 새로운 변화를 주는 정말 깜짝 놀랄 만한 일들이 일어나며 웃음을 안겨주기를 진정 바랄뿐이다.

# 메모리스Memories

한 계절이 떠날 준비를 하면 기다린 듯 다음 계절이 빠르게 찾아온다. 꽃들이 서로 시샘을 하듯 피고 지며 잔치가 끝난 자리에 녹음이 짙어지고 여름 풍경이 펼쳐졌다. 마음은 시원한 곳을 찾아 바닷가나 강가로 여행을 떠나고 있다.

강가에 서면 잔잔히 흐르는 강물 위로 마음도 따라 흐르고 있다. 강바람이 부드럽게 얼굴을 스치며 지나간다. 문득 지나온 날들이 회상되며 물 위에 그림을 그리고 있다.

워킹 브리지Walking Bridge를 천천히 걸었다. 햇빛에 반짝이는 은빛 비늘을 강물 위에 풀어 놓으며 테네시Tennessee강은 한가롭게 흐르고 있다.

건너편에서 연인으로 보이는 금발의 젊은이들이 웃으며 걸어온다. 그 뒤로 귀여운 아이들의 웃음소리와 함께 갈색 피부를 가진 부부가 걸어왔다. 그들의 곁을 지나서 다리의 난간에 기대섰다.

하얀 목조건물의 예쁜 집들이 강변에 줄지어 있다. 녹색의 나뭇잎들은 바람따라 춤을 추고 있다. 유람선이 가까이 다가오며 잔잔한 파도가 밀려온다. 전에는 차들이 다니는 긴 다리였으나 지금은 사람들에게 꿈과 낭만을 안겨주는 정겨운 산책로가 된 듯싶다. 발아래 사람들의 이름이 새겨져 있는 사각형의 나무 조각들을 세어보며 걸었다.

K 방송국에서 긴 시간 인터뷰를 한 적이 있었다. "나의 삶, 나의 인생" 이라는 프로그램으로 해외에 보내는 방송이었다. 진행자는 대화를 하며 작가의 삶을 자연스럽게 이끌어 나갔다. 삶의 여정이라 할까, 지나간 시간들을 펼쳐가며 진솔하게 하나둘 열어주었다.

8·15해방, 6·25 한국전쟁, 4·19 의거, 5·16혁명, 전쟁과 사건들이 계속되었던 세월을 풀어놓게 했다. 부모님 고향으로 피난을 갔던 어릴적 시간들도 떠올려 주었다. 그녀는 역사에 담긴 시간을 이끌어 내며 현재의 문학 생활까지 흥미있게 전개해 주었다.

인터뷰가 끝난 후 잊혀졌던 순간들이 새롭게 하나둘 떠오르며 다른 사람들의 인생관을 보듯 마음이 울적했다. 문학이라는 틀 속에서 보낸 아직도 진행중인 현재의 삶 속에 자신의 긴 여정이 흐르고 있다는 생각을 했다.

우리 인생의 모든 것은 삶이라는 하나의 작은 캡슐속에 담겨있는 것 같다. 처음 시작부터 한줌의 흙으로 돌아갈 때까지의 일들이 그 단어 안에 함축되어 있다. 컴퓨터 안에 수많은 자료들을 입력할 수 있듯이. 삶은 지금 여기에 있는 것이지 다른 곳에 있지 않으며 우리가 그것을 잡든 놓치든 아직도 현재 진행중이다.

메모리스Memories! 추억은 아름답다. 부질없는 이야기도 슬픈 이야기도 기쁜 일도 시간이 지나면 모두 아름답게 남는다. 지나간 많은 일들을 사랑으로 길어 올리면 소중하고 아름다운 꽃으로 피어나는 것을. 추억은 어느 곳에서 또 다른 꽃으로 피어날 것이다.

'마음이 과거나 미래에 대한 생각들로 혼란스럽지 않다면 당신은 현명하고 올바른 결정을 내릴 수 있다.' 비말라 새카르의 말을 떠올리며 지금 이 순간을 소중하게 갖자고 다짐해 본다.

스치는 바람이 정겹다. 가로수의 푸른 잎들을 보며 계절 따라 변화를 주는 그들의 생명력에 감사한 마음이다. 우울할 때는 하늘을 바라본다. 광활한 공간에 담겨있는 갖가지 형상의 그림들이 지나온 삶을 그려주는 것 같아 한동안 깊이 빠져든다.

투명하게 맑은 초여름의 하늘을 바라보며 잠자던 젊음이 잠시 솟아오르다 사라진다. 현재의 시간은 현재의 모습 그대로 의미를 지닌 채 길을 가고 있는데, 멋쩍은 웃음이 입가에 머문다.

경쾌한 왈츠의 리듬이 지나간 자리에 안단티노에서 라르고로 속도를 낮추며 천천히 아주 느리게 삶의 숲을 향해 걸어가 고 있다.

'추억은 하나의 회상이 아니다.' 삶은 다시 말하기 시작했다.

# 뉴포트 해변에서

-Newport Beach

LA에서 며칠을 보내며 잠시 옛 생각에 잠겼다.

여행은 세상을 조금은 색다른 방법과 시선으로 바라보며 휴식을 보내는 시간이다. 뉴포트 비치로 향해 차는 달리고 있다. 도로에는 야자수 나무들이 커다란 푸른 잎을 흔들며 시원스럽게 바람을 보내고 있다. 사이사이에 붉은 꽃나무들이 화려한 자태로 모습을 보이며 자랑하고 있는 듯 곱게 물들였다.

뉴포트 해변으로 왔다. 긴 부릿지를 걸으며 넓게 펼쳐진 해변을 바라보았다. 바람이 파도 위에 내려앉았다. 끝없이 펼쳐진 바다는 굽이치며 흐르는 담청색 물과 하늘과 바람뿐이다. 가끔 물 위로 높이 뛰어오르는 고기들과, 이를 지켜보며 날아오르는 물새들 그들이 펼쳐주며 유희를 즐기는 모습도 보였다.

바다는 푸른색과 어둠이 숨어있는 검은빛, 그리고 옅은 옥색빛으로 잔잔한 물결로 파도를 일으키며 다가왔다. 바닷바람이 온몸으로 스며든다.

시원한 바람이 분다. 바다를 바라보며 일출과 일몰의 장엄한 순간을 만난 기억도 떠오르며 오래전 계절마다 바다를 찾아 즐겨 다녔던 그때의 기억들이 파노라마처럼 펼쳐지기도 했다. 현재의 시간도 소중하지만 젊음으로 생활의 풍요를 누렸던 그 시절이 문득문득 되새김하듯 떠오른다.

긴 브릿지 위를 천천히 걸으며 바닷가 모래밭에 줄지어 가득 앉아있는 물새가 눈길을 끌었다. 망연히 앉아서 파도치는 바다를 응시하고 있었다. 물새들은 무슨 생각을 하며 움직이지도 않고 저렇게 오랫동안 앉아있을까.

바다를 바라보며 벤치에 앉았다. 햇빛이 온몸 가득 쏟아지며 따뜻하게 감싸주었다. 긴 해변을 따라 놓여있는 비치 파라솔의 색채가 해변의 정취를 보여주며 아름답게 펼쳐있다. 바닷물이 잔잔하게 파도치는 해변의 풍경도 영화의 한 장면을 연상케 하며 미소를 짓게 했다.

펼쳐진 흰 모래밭에는 반라의 사람들이 물결처럼 오고 가며, 의자에 몸을 누이고 조용히 바다를 바라보고 있다. 지금 그들은 긴 세월 물 흐르듯 흘러간 시간들, 나이만큼 쌓여 진 유형무형의 편린들을 펼치고 있을지도 모른다. 지나온 삶을 책장에 책을 정리하듯 버릴 것과 간직할 것을 하나씩 선별하며 반듯하게 꽂고 있는 모습도 상상된다. 우리는 마음을 풀어 놓으며 잠시나마 느긋하게 휴식 시간은 가졌다.

다양한 국적의 사람들이 뜨거운 태양 아래 빨갛게 익어가며 웃음들이 하늘로 날아오른다. 바닷바람이 잔잔하게 분다. 머리카락이 하늘로 여행을 떠나듯 나부낀다. 편안한 휴식도 좋지만 하루의 시간이 금세 지나가 버리는 것 같아 조금은 안타까운 마음이 들었다.

물속에서 색색의 다양한 열대어들과 함께 풍요로운 낭만을 갖는 휴식처 바다. 바닷물은 적당히 차가웠고 그곳에서 예쁜 조개 껍질도 모으며 아이들처럼 들떠서 웃음이 멈추지를 않았다. 모두 느긋하게 시간을 보내며 편하게 누워 하늘과 바다 사이에서 낭만을 즐겼다.

'여행'이라는 용어의 최초 사용 시기는 『예기』에서 유래되었다. 旅(여)는 나그네의 뜻이고, 갈행行을 첨가하여 나그네가 이동한다는 의미로 여행이라는 용어를 사용하였다 한다. 여행은 새로운 감각을 안겨준다.

화려한 여행이 아니더라도 자연을 찾아 떠나보는 소박한 나들이는 피로에 쌓인 심신을 우울한 늪에서 길어 올리며 마음에 탄력을 준다. 가족과 함께 하는 오붓한 여행은 사랑과 행복이 담긴 풍요를 주며 새로운 삶을 이루는 결속력을 갖게 한다.

줄지어 서있는 야자수 나무들이 큰 잎을 날리며 바람 따라 춤을 춘다. 인생은 바람, 우리의 삶도 바람과 같다. 부드럽고 온화하게 불어오기도 하고 비바람이 몰아치는 폭우가 되어 괴롭히기도 한다. 누구나 살갑게 안기는 나긋한 바람이 되기를 바라는 마음이다.

뉴포트의 바닷가 바람에 무겁게 쌓여 있던 마음을 모두 날려 보냈다.

# 희망과 사랑의 메시지

나무들이 계절을 상징하듯 고운 색으로 옷을 입은 모습이 아름답게 보였다. 몇 년 전 이곳 대학교 캠퍼스를 방문했을 때는 하얀 물망초 꽃이 교정 풀밭에 가득 피어 있었다. 고개를 살풋 숙이고 있는 자태가 사랑스러워 한동안 멈춰 바라보았었다.

나무들도 꽃들도 계절 따라 선명하게 자기의 색채를 보여주고 있다. 하늘도 구름 한 점 없이 맑고 푸르게 펼쳐있다. 우리들의 감성의 변화도 계절만큼 산듯하고 다채롭다.

이곳 펜실베이니아 ~ 넓게 펼쳐진 대학교 캠퍼스의 풍경을 바라보며 마음이 평화롭다. 젊음을 상징하듯 고색창연한 강의실의 건물은 젊은 날의 자신을 떠올려 준다. 차에서 내린 여학

생이 강의 시간이 늦었는지 빠르게 지나간다.

깨끗하게 단장된 넓은 홀을 지나 2층으로 올라갔다. 붉은색의 안락의자들이 곳곳에 놓여 눈길이 머문다. 벽면에 아기자기하게 꾸며진 행사 및 광고를 보며 젊음의 색채를 실감했다. 강의실을 지나 교수실 쪽으로 갔다.

오늘 하루를 함께 보낼 디렉터 교육학과 K교수Director, CTL Professor of Education 사무실로 들어섰다. 주인의 안목이 돋보이는 교수실의 실내를 둘러보며 마음이 아련해진다. 입구 작은 대기실에는 우아한 미술작품이 마주 보고 걸려있고 테이블에는 닉네임의 팻말이 예쁘게 놓여있다.

옆의 메인 사무실에는 여러 종류의 소품들이 가지런히 장식되어 있다. 어릴적부터 간직하고 있던 동남아의 소중한 물건들이 빛을 발하며 옛날을 상기시켰다. 커다란 책장에는 전공 서적들이 가득 진열되어 있으며 지식의 산실을 보여주었다.

오래간만에 마주 보며 느끼는 감동의 물결이 잔잔하게 흐르고 있었다. 어느새 많은 세월이 지난 지금, 안정된 교육자의 길을 꿋꿋하게 가고 있는 그녀의 현재 시간에 옛날 바쁘게 활동했던 나의 시간들이 겹쳐지며 미소가 지어졌다.

긍정적이고 진취적인 생각을 갖고 매사에 임하는 그녀가 흐뭇하고 감사한 마음이 들었다. 그녀가 강의실로 간 후에 혼자서

차를 마시며 사무실에서 편안하게 글을 쓰기도 했다.

오후에 밝은 햇빛이 넓은 창으로 들어와 눈이 부셨다. 무심코 창밖의 풍경을 바라보고 있는데 순간 신비스런 일이 보여졌다. 서프라이즈! SUPRISE! 창밖의 바로 앞에 느닷없이 커다란 원을 그리며 화려한 무지개가 펼쳐졌다. 일상적으로 볼 수 있는 작은 그런 무지개가 아닌 웅장한 자태의 모습을 보여주었다. 색상들도 선명하게 각 일곱 칸마다 넓이가 두터운 부피를 보이며 화려한 모습으로 창 앞에 펼쳐졌다. 이런 형상의 모습을 처음으로 보았다.

우리는 놀라서 망연히 바라보고 있었다. 무지개는 자기의 색채를 선명하게 보여주며 가까이 있었다. 좋은 느낌으로 보여준 무지개의 모습을 보며 형용할 수 없는 감정의 순간이 머물렀다. 무엇인가 의미를 부여하듯 상징적인 어떠한 형상을 떠올리며 잠시 생각에 잠겨 침묵의 시간이 흘러갔다.

누구나 가끔 무지개를 보게 된다. 나는 무지개를 볼 때마다 큰 의미를 주지는 않지만 기쁜 마음을 갖게 된다. 옛날 언젠가는 신기한 쌍무지개를 처음으로 마주 보기도 했다. 어느 때인가는 호숫가 산책길에서 만난 무지개를 따라간 적도 있었다. 호수 건너편 무지개 품으로 뛰어들며 보이지 않는 모습을 손으로 감싸며 어린아이처럼 환하게 웃음을 보냈다. 서서히 양쪽의 무지개 색상이 흐려지며 모습이 사라졌다.

행복이란 내 마음 안에 있다. 평범한 일상에서 이루어지는 소소한 일들이 큰 행복의 의미를 갖게 해 주기도 한다. 어느 사람에게는 예사로운 일들이 한사람에게는 특별한 의미를 주며 크게 다가올 수도 있다. 행복은 먼 곳으로 찾아다니는 것이 아니다. 큰 것을 지향하고 먼 곳을 바라보기 때문에 가까이 있는 행복을 느끼지 못할 뿐이다.

아직도 마음속에 웅장한 무지개가 떠 있다. 가슴 놀라움은 워드워즈의 시에서 뿐 아니라 나에게도 크게 다가오며 행복의 메시지 같은 두근거림으로 다가왔다.

배움의 터전인 대학교의 넓은 캠퍼스! 그곳 평화로운 푸른 정원을 나오며 높이 서 있는 종탑을 올려다 보았다. 그때 붉은 종탑에서 잔잔히 울려 퍼지는 종소리를 들으며 마음속에 감사의 기도를 드렸다.

희망과 사랑의 메시지를 가슴에 담으며 모든 사람들에게 행복한 날들이 되기를 소망했다.

제4부

# 계절의 품격

모든 것은 제자리를 찾아
다시 돌아오는 것이 행복이라는 것을

평범한 일상에서
자신을 돌아보고 가볍게 웃으며
다음날을 기다려보는 자유

# 사랑 그리고 터

넓은 호수를 바라보며 병풍처럼 둘러선 산들이 붉게 물들고 있다. 산자락에 양털처럼 몽글몽글 피어오르는 단풍의 모습이 아름답다.

호수 주변을 돌면서 적당한 곳이라 생각하고 찾아온 이곳이 생각 이상으로 마음을 흐뭇하게 해주었다.

처음 이곳에 왔을 때는 아래 논에서 황금빛 벼 이삭들이 푹 고개를 숙인 채 가을을 맞이하는 모습이 보였다. 호수 건너편 산에도 조용히 가을이 숨어들어 나무들과 숨바꼭질을 하는 듯 미풍에 흔들리며 여러색의 옷을 갈아입고 있었다.

그 이후에 가끔 이곳 '터'에 들렀다. 창가에 앉아 차를 마시며 바라보는 밖의 세계는 멀리 여행을 갔을 때 여행길에서 느끼는 설렘 같은 그런 마음을 갖게 했다. 조용한 호수 위로 물오리가 한가하게 유영을 하며 늘어진 수양버들은 바람 따라 잔잔히 춤을 추고 있었다. 호수 위에 흰구름의 그림자 모습도 함께 하고 있다.

아늑한 실내 분위기는 내가 주인이라도 된 듯 편안함을 주었다. 이곳에는 나비가 많이 있다. 천정에도 벽에도 나비가 날아다닌다. 나비 모양의 조각품들도 있고 나비 그림도 있다. 앉아 있는 편한 의자도 나비 모양이다. 이곳을 상징하는 나비에 대하여 나름대로 상상해본다. 사랑의 날갯짓은 무엇을 연출하기 위해서일까.

오늘은 2층으로 올라왔다. 아래층에서 평면으로 보였던 밖의 풍경이 이곳에서는 입체적으로 보였다. 산세의 높낮이도 보이고 숨어있던 가을 나무들도 모두 자기의 존재를 알렸다. 이곳 넓은 터에서 우뚝 서 있는 소나무와 더불어 펼쳐진 풍광이 '터'의 존재를 부각시켰다.

집을 지을 때는 터를 잘 골라야 부가 형성되고 자손이 영화를 누린다고 한다. 비단 땅이라는 뜻을 상징하지만 터라는 의미는 모든 만물의 근원이 되는 출발점이다. 삶이 없는 터는 그저 공간뿐이고 사람들의 삶이 담겨있는 곳이 진정 터로서의 존재가치가 있다고 생각한다.

사람들은 젊어서 터를 잘 닦아야 나이 들어서 편하다고 말한다. 내적, 외적으로 성숙기에 접어들었을 때 삶의 안정감을 느끼며 마음의 여유를 갖을 수 있기 때문일게다.

이른 아침 침묵하는 호수를 따라서 크게 원을 그리며 이곳으로 왔다.

사색의 터를 잘 잡은 곳에 안도의 숨을 쉬며 잠시 웃음을 보낸다. 오늘 같은 날은 조용한 음악이라도 들으며 명상과 삶의 여유에 젖어보고 싶다.

후드득 빗방울이 떨어진다. 점점 빗줄기가 굵게 내린다. 버드나무 가지가 휘청거리며 몸을 사리고 있다. 자연을 바라보며 작은 기쁨을 얻는데 이런 풍광도 행복이란 터에 집을 지었다고 생각하자. 물질적인 행복이 아닌 따뜻한 마음을 갖게 해주는 더없이 좋은 선물을 안겨준 그런 행복이라고.

오늘 나비들이 날고 있는 이 터에 앉아 오늘의 인연을 생각해본다.

마음에 따듯하고 정스러운 그림을 그려본다. 공유할 수 있는 많은 집들이 있지만 이곳에 작은 쉼터를 만들며 사색의 길을 걸어갔다.

터와 함께 그리고 이곳에 사랑을 담으면서 천천히…

# 'Blue Bell' 마을 2

이른 아침 집안이 조용하다. 커튼을 열고 창밖을 바라보았다.

나뭇가지에 있는 잔설이 그림처럼 아름답다. 밤새 내린 눈이 하얀 세상으로 만들며 자기들이 그려놓은 일들을 조용히 이야기하는 듯하다.

하얀 세상에 빨강 새 한 쌍이 날아와 앉는다. 문안 인사를 하는 듯 고개를 갸웃거린다. 지난해도 보았는데 잊지 않고 날아와 풀밭에서 고개를 갸웃거리며 무엇인가를 찾고 있다. 그때의 어미새가 아닐지도 모른다. 아기새가 자랐을까.

우리나라 동네에서 볼 수 없는 자연과 친숙한 작은 동물들이 친구하며 자주 놀러온다. 또 다른 친구가 찾아왔다. 지금 막 귀여운 다람쥐가 베란다 난간에까지 올라와서 달리고 있다. 내가 자기들을 바라고 있는 것도 모르는가 보다. 재롱을 부리며 난간을 타고 몇 바퀴를 달리는지 보고 있어도 재미있다.

아침마다 귀여운 동물들이 함께 어울리며 운동을 하고, 나도 아름다운 동화의 나라에 온 듯 즐겁고 상쾌한 아침을 맞이한다.

구름 한 점 없는 파란 하늘을 바라보며 분주한 서울의 거리를 떠올려본다. 나뭇가지들이 잔잔하게 흔들리다 멈추었다. 쌓여 있던 흰 눈이 미끄럼타듯 살포시 내려와 잔디밭에 앉았다. 늘어져 있는 청솔 나무 사이로 움직임이 보였다.

사슴 한 마리가 조심조심 걸어온다. 웃음이 나온다. 지난해 보았던 풍경이 지금 또 그려지고 있기 때문이다. 사슴 가족이 지금 걸어오고 있다. 한 줄로 서서 땅을 기웃거리며 나타났다. 이곳에 정이 들었는가 보다. 가만히 그들의 모습을 바라보고 있다.

사슴이 많은 미국이긴 하지만 대가족의 사슴 행렬이 이렇게 주택 가까이 찾아와서 함께 지내다니 신기한 풍경이다. 한동안 무엇인가 열심히 찾는 듯 머무르더니 아빠 사슴인 듯 큰사슴이 앞장서서 한 줄로 조용히 걸어갔다. 그 모습이 보이지 않을 때까지 바라보며 내년에도 또다시 너희들 모습을 볼 수 있기를 바랬다.

먹이를 찾아서 일가족을 이끌고 이른봄 나들이도 할 겸 외출을 한 듯싶다. 평화로운 자연이 주는 정겨운 풍경은 오래도록 마음에 머물렀다. 자연의 숲속에서 사는 동물들이 잊지 않고 찾아와 사람들이 생활하는 영역에서 함께 지내는 모습이 경이롭고 흐뭇했다. 서로를 지켜주며 함께 공유하는 삶, 이웃들의 마음을 느끼듯, 저절로 미소가 지어졌다.

따스한 햇볕이 창문으로 비추인다. 햇빛에 반사되어 보여주는 설경은 한 폭의 그림으로 그려지며 아름답게 펼쳐졌다. 하얀 옷을 입은 작은 나무들은 바람따라 어린아이들의 몸짓처럼 잔잔한 율동울 보여주고 있다.

매년 나는 이곳 펜실베이니아를 방문한다. 언제까지 이곳에서 그들을 바라보며 정겨운 시간을 함께 보낼지 모른다. 아늑하고 평화로운 마음이 따사로운 햇살처럼 정감이 간다.

필라델피아의 'Blue Bell' 풍경들을 책갈피에 곱게 접어 넣었다. 물 흐르듯 쉼 없이 흐르고 있는 시간들. 순간순간이 또 다른 새로움을 잉태하고 있다.

# 계절의 품격

계절은 늘 특색있는 그림을 그려주며 고유한 색채로 자연의 변화를 펼쳐주고 있다. 이 가을은 깨끗한 여백이 있는 흰색을 배경으로 문을 열고 싶다.

산책길을 걸으며 흐드러지게 피어있는 작은 망초꽃 꽃망울을 보듬어본다. 넓은 들판에 꽃들이 하얗게 피어있다. 메밀꽃을 연상시키며 꽃들이 바람을 타고 물결처럼 흔들린다.

이 길을 지날 때면 늘 마음이 설렌다. 손끝에 만져지는 부드러운 흰꽃들이 애틋하게 느껴진다. 망초꽃에 담긴 옛 시간들이 어렴풋이 떠오르며 애잔한 마음으로 다가온다.

사람들은 같은 색깔과 같은 품성을 지닌 취미도 같고 지향하는 목표가 비슷할 때 자연스럽게 어울리며 모이게 된다. 무리 지어 군락을 이루고 있는 풀꽃들을 보면서도 세상의 모든 이치는 하나라는 것을 생각했다.

여러 종류의 풀꽃들이 제각기 마을을 이루듯 자기들만의 영역을 만들어 동고동락하며 넓게 번식하며 자라고 있다. 자기만의 고유한 빛깔과 향기를 소유하고 주위와 어우러져 삶을 이루고 있다.

꽃길을 걸으며 마음은 메밀꽃 언덕으로 가고 있었다. 9월이 오면 자주 메밀꽃 마을을 찾아 떠났다. 이효석의 생가가 있는 봉평, 작품 속의 허생원이 달밤에 나귀를 몰고 다닌 그 메밀밭 오솔길인 새터마을. 넓은 들녘에 푸르고 흰빛이 보이며 잔잔한 바람이 지나가고 있다.

언덕길을 따라 메밀꽃이 들에 지천으로 피어있다. 달밤에 하얗게 피어있는 메밀꽃, 연인이란 꽃말처럼 애틋하고 서정적인 장면이 그곳에서 연출되기도 한 허생원과 성씨처녀.

> 산허리는 온통 메밀밭이어서 피기 시작한 꽃이 소금을 뿌린 듯 흐뭇한 달빛에 숨이 막힐 지경이다./ 보름을 갓 지난 달은 부드러운 빛을 흐뭇이 날리고 있다.

하늘에 펼쳐있는 푸른빛이 드리워진 밤의 정경을 이렇게 서정적으로 묘사할 수 있는 그 마음을 헤아려보았다. 하얀 꽃길을 걸으며 달밤의 풍경을 상상해본다. 사색은 초가을의 빛처럼 해맑게 마음을 적신다. 길가의 콩밭과 옥수수밭에서는 무성한 잎들이 바람 따라 흔들리며 서걱거리고 있다.

무덥던 계절도 떠나며 이제 화려한 옷의 모습으로 가을이 오고 있다. 캔버스에 시간을 담으며 다시 색칠해 본다. 사계절이 변화하며 색상들은 생각처럼 되지 않고 가로세로 엉키듯 탁하게 변질되고 있다.

이렇듯 우리의 일상도 의도하는 것과는 다르게 늘 자신과 부딪치며 흔적과 상처를 남기기도 하고 단단히 영글게도 한다. 행복한 순간도 있지만 예기치 않은 일들이 주위를 서성이며 고통과 아픔을 주기도 한다.

인간 최대의 승리는 내가 나를 이기는 것이라고 플라톤은 말했듯이 자신과의 싸움에서 승리하는 것이라고 생각하며 다시 도전하며 일어선다.

차가운 바람이 분다. 커다란 캔버스를 이젤 위에 펼치며 하얀 가을빛을 가득 담아본다. 그리고 그 위에 따뜻하고 화려한 색의 잎들을 그려 넣을 것이다. 고운 잎들이 날리며 가을을 물들이고 있다.

# 선한 인격체

하늘에는 구름 한 점 없이 맑고 시원하게 푸른빛으로 채색되어 있다. 며칠 동안 시간은 빠르게 지나갔다.

컴퓨터 작업을 하며 원고를 세심하게 보았다. 감기가 들어서 오락가락 시간을 넘나들며 생활을 하게 된다. 매일 시간 확인을 하며 계획을 세우는데도 매번 헷갈린다. 정말 안타깝게도 생각이 1회용으로 끝나고 만다.

2~3일 사이에 마음이 언짢은 소소한 일도 있었고 그냥저냥 우울하게 시간이 흐르며 지나갔다. 우리는 살면서 작은 일들이 생각과 다르게 크게 벌어지기도 하며 서로 마음의 상처를 갖게 된다. 어린아이로부터 어른이 되기까지 많은 시간을 지나며 영

육간에 성장을 하게 된다. 건강한 나무와 꽃들은 좋은 거름을 주며 잘 가꾸어야 튼실하고 곧게 바르게 자란다. 비뚤게 자라면 가지를 세워서라도 반듯하게 키우는 것이 의무이고 그렇게 올곧게 자란 것을 보며 기쁨을 갖게 되는 것이다.

속담에 세 살 버릇이 여든까지 간다는 말을 그냥 대수롭게 생각하며 지낼 일은 아니다. 성장하며서 바르게 자라기도 하며 올곧게 생각이 머물러야 자신은 물론 다른 사람에게도 폐를 끼치지 않는 인성이 형성된다고 생각된다. 그래서 교육이 필요한 것이고 그러므로써 잘 닦여진 고속도로처럼 일사천리로 모든 것이 마무리 될 것이다. 물론 모든 사람이 훌륭한 인격체로 자라지는 않는다.

무엇보다도 가정교육이 중심이 되어야 하고 선천적으로 선한 인성도 중요하다고 생각된다. 물론 노력 없이는 이루어지지 않고 심성이 바르고 착하면 외적으로도 그 마음의 흐름이 보이고 좋은 인격이 형성된다.

어른이라고 해서 모두 인성이 좋은 인격체가 되는 것은 아니다. 객관적으로 볼 때 안타까운 마음이 들 때가 있다. 누구나 자기의 마음을 잘 다스리며 평정을 찾기는 쉽지 않다. 그래도 최소한 대중을 보며 참을성을 키우는 일을 소홀히 해서는 안된다고 생각을 한다.

자연을 돌아보며 생각을 잠재운다. 주변에는 여러 종류의 꽃들도 있고 꽃마다 자기의 향기를 갖고 있으며 꽃 형태나 잎들의 모양새도 다르지 않는가. 주변에 크게 자란 나무들을 바라보며 올곧게 자란 나무들도 보이고 곁가지가 사납게 뻗어가며 주위를 불편하게 하여서 곁가지를 잘라주기도 한다.

시간은 우리에게 많은 것을 깨닫게 하며 일생을 바르게 살도록 안내한다. 우리는 실수를 하며 헛되게 보낸 시간을 돌이켜 보면서 자신의 갈 길을 수정하기도 한다. 그렇게 지내면서 노년이 되어서야 조금 숙성된 영글은 열매가 된다. 그리고 걸어온 길을 돌아보며 자신의 일생을 그림으로 그려보면서 천천히 사색에 잠긴다.

# 모자이크에 갇힌 세상

모든 길은 시간의 흐름 속에 자유를 누리며 열려있다.

그 길로 바람도 시간도 공기도 모두 여유를 보이며 흘러간다. 요즘 일상이 사각의 틀에서 벗어나지 못하며 점점 희미하게 빛을 잃어가는 것만 같다. 보이지 않는 그물이 사람들을 감싸고 삶의 영역을 제재하고 있다.

유럽의 대성당에 가면 여러 색으로 모자이크된 고풍스런 유리창과 아름다운 벽화를 보며 찬탄을 하게 된다. 바닥도 특이한 무늬로 모자이크 된 타일들은 발걸음을 조심스럽게 한다. 아름다운 예술품이다. 생명은 없지만 그곳에선 편안한 자유를 느끼고 볼 수 있다.

인생도 모자이크된 벽화와 같다고 생각한다. 기쁨과 슬픔, 행복과 불행, 성공과 실패가 어우러져 작은 틀을 만들며 한 사람의 생애를 담는다. 희로애락의 틀 속에서 인생의 향기를 얹으며 모든 것은 서로 조화를 이루고 하나의 삶의 작품을 만든다.

그림을 그릴 때나 미술 작품을 볼 때마다 다양한 색을 만든 창작의 작가를 떠올리면 신비스럽다는 생각을 한다. 생활 주변의 모든 것은 우리들처럼 자기만의 색을 이루며 개성을 보여준다.

퍼즐을 맞추듯 패널로 된 모자이크- 사각의 칸 그곳에 하나씩 담아본다. 사랑, 슬픔, 애증, 감동, 미련, 끝없이 채우고 채운다. 그런데 요즘 되돌아보면 하나씩 차례로 지워져 가고 있다. 희미한 그림자만 보일 뿐이다. 울안에 갇히듯 한곳에서 벗어나지 못하고 너무 오래 머무르다 보니 밤낮도 시간도 개념이 없어지고 무덤덤한 생활이 되어가고 있다.

우리의 삶은 낮의 빛과 밤의 어둠을 통해 시간과 엮인다. 생활의 리듬에 따라 여러 가지를 경험하며 살아간다. 희로애락이 엮어진다. 사랑도 하늘의 너비만큼, 새소리 바람 소리에 감동을 하며 자기를 정화시키기도 하고 나름대로 자유를 만끽한다.

마음대로 사각의 틀에서 벗어날 수 있는 넓이뛰기도 하고 높이뛰기도 할 수 있는 그런 모든 자유를 누리고 싶다. 세계를 지배하고 있는 바이러스 세균에서 언제쯤 벗어날 수 있을까.

긴 장마가 계속되었다. 폭우가 쏟아지고 거리는 황토물로 넘치고 지방의 곳곳이 홍수로 큰 피해의 현장이 뉴스로 연일 보여준다. 천재지변을 염두에 두고 침수가 되지 않도록 미리 잘 조성해 놓았으면 좋으련만 장마철만 되면 큰 피해로 안타까운 마음이다.

산책도 할 수 없고 답답하다. 비 내리는 거리를 마스크 차림으로 중무장 차림을 하고 우산을 쓰고 나왔다. 열흘이 넘는 문밖으로의 외출이다. 작은 개울에는 황토색 물이 세차게 흘러가고 있다. 웃자란 수초들이 쓰러져 있고 바람에 잘리어 진 나뭇가지들이 길가에 널브러져 있다. 시간은 이렇게 세상을 허물며 가을로 질주하고 있다. 봄과 여름 두 계절이 무덤덤하게 생각할 겨를도 없이 가고 있다.

빗물이 넘치고 있는 거리를 걸으며 사각 블럭 틈새에서 살아있는 여린 풀들이 보였다. 귀하게 여겨졌다. 용케도 생명을 보존하고 있는 작은 생명을 피하려다 기우뚱 넘어질 뻔했다. 오랜 시간 외출을 하지 않아 어릿해진 것 같다.

주위 공원도 산책길도 웃자란 풀들이 무성하다. 사람들의 생활을 가두어 놓고 미친 듯 비바람까지 한바탕 소동을 피우며 활개치듯 달려가고 있다.

자연의 아름다움을 함께 보내지도 못하고 예쁜 꽃을 예쁘게 바라볼 수도 없었고 푸르름이 짙은 그 거리를 활보할 수도 없었던 긴 시간들! 그런데 하루가 짧아진 듯 두 계절이 너무 빠르게 지나갔다.

새장에서 풀려나온 듯 시원한 바람을 안으며 한동안 걸었다. 거리에 있는 모든 것들이 새롭게 보였다. 다시 사각의 삶 속으로 돌아가야 된다. 예쁜 색으로 칠해놓은 나만의 모자이크 된 삶. 형형색색의 꿈을 프리즘에 담아 넉넉한 마음으로 이해하고 마음 안에 풍요로운 삶을 펼쳐야겠다.

평범한 일상에서 자신을 돌아보고 가볍게 웃으며 다음날을 기다려보는 자유. 모든 것은 제자리를 찾아 다시 돌아오는 것이 행복이라는 것을.

# 라일락 꽃이 필 때면

우리는 많은 인연을 맺으며 살고 있다.

사람과의 인연, 주변의 좋은 환경과 맺어진 아름다운 인연, 그리고 사계절 자연이 안겨주는 풍요로운 감성 사랑, 그 또한 좋은 인연이다.

요즈음 공원의 산책길은 싱그러움을 주며 반긴다. 나무들은 긴 겨울잠을 자고 일어나 이제 초록빛 잎을 틔우며 건강함을 보여주고 있다. 풀밭에선 파릇파릇한 잎들이 작은 풀꽃들을 피우며 생동감을 준다.

잔잔히 소슬바람이 불어왔다. 바람이 스칠 때마다 향긋한 향기가 맴돌다 떠나갔다. 나는 일어나서 그 향기를 찾아 주위를 살펴보았다. 바로 옆 정자가 있는 풀밭으로 시선이 갔을 때 놀라서 바라보고만 있었다.

작은 라일락 나무에서 꽃이 피고 있었다. 아직은 이른 시기인데 몇 송이가 벌써 꽃을 피우고 있다니~. 그 모습을 바라보며 잠시 옛 생각에 잠겼다. 오래전 그때의 시간으로 돌아갔다.

벌써 십여 년이라는 긴 세월이 흘렀다. 그해 봄 4월, 나는 서강대학교를 방문했다. 교정 작은 언덕길을 내려갈 때 길가에는 줄지어 심은 라일락 꽃나무들이 향기로운 꽃을 피우며 반겨주었다.

오후에 영문과 장영희 교수와의 인터뷰 약속이 있었다. 잠시 후에 교수실로 걸어오는 장 교수를 맞이하며 반갑게 인사를 나누면서 함께 교수실로 들어갔다. 당시 장 교수는 서강대학교에서 영미문학을 가르치고 번역작가 칼럼니스트 등 많은 활동을 하고 있었다. 그녀의 모든 작품집이 독자들로부터 많은 사랑을 받고 있을 때였다.

자신을 '문학의 전도사'라고 말하는 장 교수는 문학의 맛을 모르는 사람을 위해, 문학에 대해 무조건 싫어하는 사람에 대해서 문학이 얼마나 소중한가를 알리는 책임이 있다고 강조했다.

건강미가 보이는 활짝 웃는 모습은 소녀같이 아름답고 매력적으로 보였다. 걸어올 때 보였던 조금 불편스러웠던 모습은 모두 사라졌다. 나도 모르게 그녀의 음성에 귀 기울이고 당당한 그녀의 언어에 젖어들었다.

-"글을 쓰는 일이 어떻게 보면 고통스럽기도 하지만 또 안 쓰면 안 쓰는 대로 고통스럽고 글쓰기를 갑자기 그만두면 일종의 금단 현상이 와서 그래서 고민을 많이 하면서도 쓰는 게 더 재미있다는 결론이 들어 글을 쓰게 된다."- 며 활짝 웃었다.

장 교수는 소설 백경白鏡이 어려운 작품이지만 오래 남는다고도 말했다. 자신을 돌이켜보며 현실과의 싸움을 고백한 것일까.

"제 아버님(고 장왕록 박사)이 아니었다면 저는 없었을 거예요. 어렸을 때 여섯 형제가 한 방에서 떠들고 놀았지만 아버님은 앉은뱅이 책상에 앉아서 늘 읽고 쓰고 계셨지요. 저는 사람이 태어나면 저렇게 책을 보면서 살아가는구나 생각했어요. 집은 가난했지만 책은 삶의 일부라는 유산을 아버님은 물려 주셨습니다."

그 당시 항암치료를 마치고 얼마 되지 않았을 때라는 것을 인터뷰 중에 알았다. 투병 생활로 힘들었을 것 같아 나는 마음이 조마조마했다. 그러나 그녀는 진지한 자세로 아주 건강하고 밝은 모습을 보이며 명랑하고 활발하게 말을 이어갔다.

그녀는 간으로 전이되어서 3월에 치료가 끝났고 체중도 늘었다며 이번 항암치료는 비밀로 하였고 그동안 치료를 12번 받았다고 한다. 지금은 치료가 끝나 기운이 펄펄 넘쳐요. 라며 밝게 웃는다. 나는 그녀를 바라보며 안타까움에 나도 모르게 눈시울이 젖었다. 인생이란 무대는 연습이 없다고 하듯 정말 그녀의 삶은 하루하루 살아가는 일이 기적 같았다.

-"그저 평범한 삶을 살기를 원해요. 오늘도 내일 같고 내일도 모레 같은 삶을 살았으면 좋겠어요. 커다란 야심 없이 "오늘 하루 재미있게 살자" 그걸 제일 중요하게 생각해요. 학생들이 저를 많이 웃겨서 사는 즐거움이 있습니다. 남에게 많이 베풀면 좋아요. 혼자만 가지고 있으면 아무 의미가 없어요. 나눔을 해야지요." -

남겨준 마지막 대화였다.

슬픔을 나누면 반으로 줄어들고 기쁨을 나누면 두 배로 커진다는 말이 생각났다. 그날 우리는 차를 마시며 긴 시간 장 교수와 함께 웃으며 눈물지며 소중한 시간을 갖고 헤어졌다.

그런데 한두 달 후엔가 연락이 끊겼다. 인터뷰한 글이 실린 책이 출간되어 전해주려고 전화를 했다. 뜻밖에도 안타까운 소식과 함께 그녀를 대신하여 동생과 통화를 하며 슬픔이 고였다.

애절한 소식을 남기며 먼 길을 떠난 장영희 교수! 나는 한동안 가슴앓이를 했다. 활짝 웃으며 예쁜 모습으로 대화를 나누던 장 교수의 모습이 라일락 꽃과 함께 남아 있었다. 이 꽃을 바라보면 옛 영상이 떠오르며 슬픔에 잠긴다.

예쁜 스티커를 붙여주며 정성껏 사인을 해준 작품집을 열어보았다. 그녀의 밝은 웃음소리가 책장을 넘기며 함께 들려오는 듯했다.

우리는 늘 주위의 많은 사람들과 또한 자연과 더불어 갖가지 인연 속에서 희로애락이 엮어지며 긴 삶을 살고 있다.

# 회상의 시간

- 경포대 해변에서

송림 사이로 푸른 바다와 하얀 모래밭에 스며드는 잔잔한 물결이 보인다. 파도 소리도 들린다. 몇십 년 전의 풍경이 흐르고 있다. 초등학교 꼬마들이 뛰어놀던 백사장이 아련하게 그려진다.

1980년대 경포대에 처음으로 콘도라는 이름의 숙소가 태어났다. 자카르타에서 귀국한지 얼마되지 않았을 때였다. 신문에서 광고를 보자 분양받고 매해 계절마다 그곳에서 휴가를 보냈다. 콘도라는 이름이 낯설기만 할 때였으며 우리나라에 처음으로 새로운 명칭이 탄생했던 시기이다.

솔밭 옆에 이층으로 몇 동의 건물이 들어섰다. 콘도라는 이름으로 탄생한 진안콘도. 우리는 시간이 될 때마다 친구들 가족과 함께 여름 휴가뿐만 아니라 계절마다 자주 왔었다. 큰 규모의 호텔은 아니지만 새로운 명칭으로 호기심 많은 휴양지 숙소가 되어 인기였다. 해변에 인접한 편리한 곳이었다. 맨발로 솔밭 사이를 지나며 모래밭을 걸어 나와 바다에서 수영을 했다.

그 이후로 전국에 콘도라는 이름이 성시를 이루었다. 바닷가 인접한 곳이라든가 스키장, 골프장 근처에 콘도라는 이름이 유행되었다. 몇 년후에 아쉽게도 건물주와 땅 주인의 법정 싸움이 계속되어 결국 문을 닫았다.

오래간만에 경포대를 찾았다. 옛 생각을 하며 강릉으로 해서 경포호를 지나 경포대로 왔다. 정겨웠던 옛 숙소를 생각하며 그 길을 걸었다. 없어진 건물 대신에 그 자리에 지어진 높은 호텔을 보며 솔밭 사이를 걸어 나왔다. 아름다운 추억이 담긴 해변으로 나와 비치 파라솔에 앉아 망망대해를 바라보았다. 파도치며 모래를 끌어안고 오는 끝없이 펼쳐진 바다, 바다는 옛날처럼 그대로인데 시간이 너무 많이 우리를 변화시켰다. 아이들의 밝은 웃음소리가 하늘로 나르며 파도와 함께 춤을 춘다. 해맑은 웃음소리에 내 마음도 파도에 잠기며 흘러갔다.

갑자기 먹구름이 하늘을 덮으며 갈매기들이 하늘 가득히 날아왔다. 무리지어 나르는 그 모습에 불안한 마음이 들었다. 우리는 바다와 인사를 하고 사람과 차들이 많은 거리로 나왔다.

옛 이름이 그대로 있는 횟집에서 주인과 반갑게 인사를 하며 많은 이야기를 나누었다.

점심 식사를 하기 위해 자주 들렀던 식당을 찾아갔다. 그곳에서도 이야기는 끝없이 이어지고 세월의 무상함을 느꼈다. 그때의 어린이들이 그 시절의 내 나이보다도 더 어른이 되어 사회의 일원으로 성실한 삶을 보내고 있는 모습에 감사할 뿐이다. 세월이 빠르게 흘러갔다.

이른 새벽 호텔 옥상 라운지에서 해가 떠오르는 하늘을 바라보며 해맞이를 했다. 일출! 푸른 하늘과 맞닿은 바다 위로 붉은 태양이 솟아올랐다. 아름다운 모습을 보며 마음을 다독이면서 많은 생각을 담았다.

좋은 시간을 함께하면서도 바래어진 옛 사진을 보듯 쓸쓸한 빛이 지나갔다. 마음에 영상을 잠재우며 끝없이 펼쳐진 하이웨이를 달려왔다.

추억이 담긴 경포대의 바닷가 풍경! 지금도 눈앞에서 푸른 바다가 펼쳐지며 파도에 실려 밀려오고 있었다.

# 짧은 듯 긴 외출

오래간만에 멀리 떠나가게 된 외출이다. 갑작스런 스케쥴로 몸과 마음이 복잡하고 바쁘게 움직인다. 미국으로 여행을 하게 되었다.

금 년 한해는 생각지 않은 건강 문제로 많은 망설임이 있었다. 평소에 거르지 않고 매일 열심히 한 시간 정도 산책을 하면서 건강하게 지냈다. 사계절 늘 즐거운 마음으로 걸으며 시간을 보냈다. 따사로운 봄볕 아래 푸른 생명들을 바라보면서 기분 좋게 걸었다. 어느 날 생각지 않은 상황으로 외출에 제동이 걸렸다.

아름다운 계절을 창밖으로 바라보며 많은 날들이 안타깝게 그냥 지나갔다. 우리의 일상은 생각지 않은 뜻밖의 일로 인해서 많은 변화를 갖게 된다. 한동안 코로나로 인하여 우리 모두 여행길이 멈추어졌고 지루한 날들을 보내기도 했다.

아이들이 답답하게 보내는 내 모습을 보며 안타깝게 생각하여서인지 여행에 필요한 모든 준비를 해놓고 일주일 전에 나에게 통고를 했다. 갑작스런 일에 무엇을 어떻게 해야 할지 마음이 복잡했다.

우선 베란다에 있는 정원 꽃밭의 식구들을 바라보며 걱정이 많았다. 아는 곳에 부탁하여 꽃들을 희망하는 사람이 있는지 알아 달라고 부탁을 했는데 떠나기 이틀 전까지 소식이 없었다.

다행스럽게도 떠나기 하루 전에 이웃 마을에 사는 참신한 젊은이가 자기의 텃밭에서 키운 둥그런 튼실한 호박 하나를 들고 찾아왔다. 십 년 넘게 키워오며 많은 이야기를 나누며 함께 살아온 꽃나무 아이들이다. 비워지는 베란다를 보며 마음이 허전하고 쓸쓸했다. 인연은 이렇게 또 다른 좋은 인연으로 맺어지는 것이라며 조금은 마음을 가볍게 했다.

남은 꽃나무들은 물을 가득 담은 커다란 그릇에 하나씩 화분을 담그면서 긴 시간 작업을 하고 마무리했다. 떠나가 전에 새 주인을 만나게 해서 다행이었다. 어린아이들을 넘겨놓고 멀리 여행을 떠나는 엄마의 마음이었다. 정말 행운이란 생각을 했다.

여행에 필요한 짐들을 정리하고 다음 날 아침에 공항으로 떠났다. 전에는 혼자서도 해외로 잘 다녔었다. 몇 년을 지나면서 몸과 마음이 많이도 나이를 먹은 것 같아서 걱정이 되고 안타깝기만 하다. 미리 여행 진행을 차분하게 잘 준비하여 공항에서부터 도착할 때까지 몸과 마음을 실어주며 목적지에 잘 도착했다.

LA 아들 집에서 편안하게 며칠을 보냈다. 모든 것을 자상하게 보살펴주어서 불편하지 않았다. 몇 년 전에 거닐었던 거리가 친숙하게 다가왔다. 전원주택을 연상시키는 예쁜 빌리지. 이곳 작은 마을이 아름답다. 여러 파트로 나누며 각 나라를 상징하는 특색있는 컨셉으로 만든 풍경이 아름다웠다.

정자가 있는 작은 연못에는 잉어, 색색의 물고기 거북이들이 한가롭게 놀며 반기고 있다. 실내도 세련되고 깨끗하게 모든 것을 배치하여 기분이 좋고 마음이 차분해졌다. 주인의 성격처럼 깔끔하고 세련된 분위기에 몸과 마음이 풀어지며 피로감이 몰려와 눈이 감겼다.

정신없이 침실에서 깊은 잠에 빠졌다. 몇 시간을 지났는지 시간 차이가 있어서 아침인지 저녁인지 분간이 않되며 몇 번이나 묻고 또 묻는다. 입력이 제대로 되지 않았다. 침대에서 푹 한동안 잠을 잔 생각뿐이다.

거리로 나와 차이니스 레스토랑에서 저녁 식사를 했다. 특별한 메뉴에 웃음이 담기면서 지난날의 이야기를 하며 긴 시간을 보냈다. 새로운 환경에 익숙해진 듯 기분도 산듯하고 몸도 상쾌했다. 차창 밖으로 시원하게 뻗어 오른 야자수 나무들을 바라보며 이국의 정취를 느꼈다. 아이들처럼 아이스크림을 하나씩 들고 웃음 지으며 오늘 하루를 마감했다.

다음날 우리는 해변으로 떠났다. 가로수 나무들이 푸른 하늘 아래 시원하게 바람에 나부낀다. 연인처럼 아들과 손을 잡고 천천히 거닐며 해변을 바라보았다. 긴 해변을 끼고 푸른 바다가 파도를 일으키며 밀려오고 있다.

여행은 즐겁다. 집을 떠나 다른 곳으로 생활을 옮기며 다른 삶을 살아가는 것, 그에 많은 의미를 갖게 했다. 내일은 필라델피아로 떠날 예정이다.

# 산책길에서

아침 운동을 하기 위해 작은 공원으로 나왔다.

붉게 물든 활짝 핀 꽃나무들과 무성하게 자란 나무들이 숲을 이루고 있다. 공원이지만 낮은 동산에 오른 느낌을 준다. 공원이 작다 해도 워낙 넓은 들녘이 펼쳐진 나라이므로 시원한 느낌을 주었다.

숲길을 걷다 보면 작은 열매들이 발밑에 많이 뒹군다. 갈색 모자를 귀엽게 쓴 열매, 통통하고 예쁘게 생긴 도토리들이 풀밭 나무 밑에 수북이 쌓여있다. 귀엽게 생긴 도토리 열매들이 예뻐서 만지작 거리지만 아이들은 질겁을 하며 만지지도 못하게 말린다. 시선이 그들을 떠나지 못하고 애꿎은 도토리만 자꾸 발끝으로 만지며 걸어갔다.

지금 도토리 가족들은 모여서 무슨 이야기를 하고 있을까.

"얘들아! 조금 있으면 다람쥐들이 올거야."

"어머나! 어떻게 해~"

"나는 여기서 우리 식구랑 함께 있을거야. ~"

공원뿐만 아니라 산책길에도 갈색으로 예쁘게 옷을 입은 탱글한 도토리들이 많이 쌓여있다. 야생동물의 양식이 되는 열매, 숲에서 먹을 것을 구하지 못한 동물 가족들은 인근 마을에 와서 풍요를 누리며 함께 공존의 삶을 누리고 있다. 귀여운 모습으로 재롱을 부리는 몸짓은 사람들에게 많은 웃음을 주며 즐거움을 선사하기도 한다.

우리나라 산길을 떠올려 보았다. 이렇게 잘 영근 탱글한 도토리가 풀숲에 쌓여있는 것을 보면 사람들은 그냥 지나치지 않을 것 같다. 요즘 우리나라에서도 도토리 무단 채취는 불법이라고 한다. 가을철에 동물들이 필요한 먹이를 도와주기 위해서 이들의 생존을 생각하여 남겨두어야 한다는 것은 당연하다고 생각한다.

평소에 도토리묵을 즐겨 먹었다. 가을이 되면 유난히 먹고 싶어진다. 오래전에 지방에 갔다가 겨울녘에 도토리로 만든 여러 가지 메뉴로 차려진 음식상을 받았는데 별미였다. 도토리만 보면 그때의 상차람이 생각난다. 가끔 녹두전도 먹고 싶고 식혜도 먹고 싶다. 외국에 와 있으면 느닷없이 우리나라 전통 음식이 생각난다.

몇 년 전에 독일에 사는 친구가 귀국하면서 말린 고사리 한 상자를 선물로 주었다. 가까운 야산에 튼실한 고사리가 가득 자라서 그곳에 사는 우리나라 사람들이 기호품으로 환영받는다고 했다. 정말 굵고 튼실한 고사리들이 상자에 가득 담겨있었다. 힘들게 정성 들여서 말린 귀한 선물을 받으며 따뜻한 정을 느끼며 감사한 마음으로 받았다.

한동안 매주 일요일이 되면 청계산을 오르며 하루를 보냈었다. 산을 내려 올 때 자주 들리는 곳이 있었다. 특히 도토리묵 무침과 순두부찌개를 잘하는 식당이었다. 우리는 매번 같은 메뉴인 도토리묵과 곁들여 몇가지로 식사를 하면서 많은 이야기를 나누며 긴 시간을 보냈다. 안면이 있는 식당 주인은 정답게 인사를 나누며 나올 때면 콩비지를 봉투에 담아서 나누어 주기도 했다.

산 입구 노점상에는 정갈하게 다듬어 놓은 여러 종류의 야채들과 과일이 많이 있어서 하산할 때는 몇 가지의 기호품이 함께 따라온다. 빠지지 않고 도토리묵도 매번 손에 담겨지고 있다.

집에 있는 나무에서 따왔다는 모과를 사기도 했다. 선호하는 음식과 습관은 잘 바뀌지 않는 것 같다. 어릴 적 할머니의 손맛으로 담근 모과차가 생각난다. 생강과 모과를 함께 담구어 만든 따뜻한 차 한잔은 마음을 풀어주며 기분을 좋게했다.

요즘 새로운 음식문화에 다양한 메뉴들이 많이 선보이며 젊은들뿐만 아니라 모두 즐거워 하며 맛집을 찾는다. 신세대 아이들과 젊은이들은 햄버거와 핫도그를 즐겨 먹지만 구세대 어른들의 취향은 잘 변하지 않는 것 같다.

최근에는 외국으로 여행을 떠나는 여행객들이 많다. 그 나라의 다양한 문화와 음식문화에 젖어보기도 한다. 그러나 어릴 때부터 익숙해진 기호품 음식은 긴 세월이 지나도 동심의 세계에서 살게 하며 그 시절을 쉽게 떠나지 않는다.

산길을 내려오며 즐겨 먹었던 도토리묵 무침과 따뜻한 두부찌개, 그리고 그 시간의 풍경들이 눈앞에 펼쳐졌다. 긴 시간, 옛생각을 하며 조용한 산책길을 걸었다. 수북이 쌓인 나뭇잎들! 그들과 함께 탱글한 도토리들이 고개를 들고 바라본다. 따뜻한 커피가 생각나서 조용한 카페로 들어섰다.

제5부

# 새해의 소망

고난의 길로 들어서는
첫걸음을 가볍게 생각하므로
삶은 어려워진다.
검소한 생각은
편안한 삶의 지름길이다.

무엇과도 바꿀 수 없는 가장 소중한 선물,
그것은 오늘 하루도 무사히 보내며
편안하게 잠들 수 있는 은혜로운 시간들이 아닐까.

# 선물의 계절

바람이 세차게 분다. 사람들은 옷깃을 여미며 빠른 걸음으로 걷는다. 거리마다 울긋불긋 불빛이 화려하다. 연말과 정초를 맞이하는 발걸음이 분주하다. 쇼윈도에 진열되어 있는 상품들이 화려하게 치장을 하고 눈길을 끈다.

한 해를 보내며 즐거운 시간을 갖게 해준 얼굴들을 떠올려본다. 정겹게 웃고 있는 모습들이 지나간다. 한순간의 인연으로 많은 시간을 함께 공유하고 있는 모두 고마운 사람들이다. 물론 사랑하는 가족도 있다. 12월이 되면 따뜻한 마음을 전해준 이들에게 주고 싶은 예쁜 소품들을 하나둘 사기도 하고 평소 생각해 놓았던 상품들을 메모해 백화점을 기웃거리기도 한다.

선물을 줄 수 있다는 것과 선물을 내게 줄 사람이 있다는 것은 너무나 고맙고 행복한 일이다. 선물은 받을 때도 기분이 좋지만 주고 싶은 사람을 생각하며 고를 때가 더 즐겁다. 가장 적당한 선물, 서로가 부담이 없으며 행복한 웃음을 지을 수 있는 그런 물건을 고른다는 게 쉽지만은 않다.

선물의 진정한 의미, 몇 줄의 손으로 쓴 편지글과 함께 소박한 마음을 주고받는다면 더없이 훈훈한 정이 쌓여질 것이라 믿는다. 평소에 우리는 이런저런 일들을 생각하며 마음을 담아 표현을 하기도 한다. 눈앞에 보이는 것만이 선물은 아니다. 힘들고 어려울 때 진심 어린 따뜻한 말과 포근한 손길은 큰 위로와 함께 용기를 주고 새로운 힘을 안겨주기도 한다.

언젠가 모과에 대하여 쓴 글이 있다. 글을 읽은 어느 분이 편지함에 탐스러운 모과를 넣어 놓았다. 그날 종일 즐거웠었다. 아직도 거실에 은은한 향이 가득하다. 바라보면 흐뭇한 정을 느낄수 있어 마음이 따듯해진다.

오랜 세월이 지나도 작은 물건이지만 큰 보물처럼 소중하게 간직하는 경우도 있다. 젊은 시절 해외에서 살며 처음 종교에 입문했을 때 신부님께 받은 선물은 잊을 수가 없다. 아주 작은 십자가였다. 몇 년 후 중국에서 선교하다 영면하신 미국인 요한 신부님이시다. 수십 년이 지난 지금도 십자가를 볼 때면 모습이 떠오르며 안타까운 마음이 든다.

선물의 의미가 경우에 따라서는 사람마다 다르게 느껴지기도 한다. 프랑스 작가 모파상의 단편소설에 나오는 목걸이가 떠오른다. 남편은 주인공 마틸드에게 선물이라며 빅파티 초대장을 준다. 파티복이 없는 신세를 탓하는 아내에게 남편은 모아둔 저금을 털어 비싼 파티복도 선물한다. 마틸드는 친구에게 다이아몬드 목걸이를 빌려 화려한 모습으로 파티에 참석하고 흡족하게 파티를 즐겼다. 그렇지만 잃어버린 목걸이를 사기 위해 빌린 돈을 갚는데 10년이란 고난의 삶을 보낸다.

"어쩜 좋아. 그 목걸이는 500프랑짜리 가짜였어. 너무 오래된 거라 나중에 그냥 버렸는데." 친구의 마지막 이 말은 인간의 허영심과 욕망이 안겨준 힘들었던 삶이 한순간 나락으로 떨어지는 허망한 결과를 말하고 있다. 형편에 맞지 않는 과한 선물은 그것을 충족하기 위해 더 많은 고난이 따른다. 고난의 길로 들어서는 첫걸음을 가볍게 생각하므로 삶은 어려워진다. 검소한 생각은 편안한 삶의 지름길이다.

진정한 사랑의 선물은 오 헨리의 단편소설 〈크리스마스 선물〉을 들 수 있다. 가난하지만 서로 사랑하며 사는 짐과 델라 부부의 이야기다. 짐은 사랑하는 델라에게 크리스마스 선물을 주기 위해 소중한 물건인, 할아버지 때부터 물려받은 시계를 팔아 최

고급 머리빗을 샀다. 델라는 길고 아름다운 금발머리를 잘라 팔아서 짐의 시계와 어울리는 품위 있는 시계줄을 선물로 산다. 그렇게 서로 선물을 하지만, 안타깝게도 사용할 수 없는 어긋난 배려였다. 델라는 이러한 황당한 모순적인 상황 앞에서 울음을 터트리고, 짐은 델라를 달래면서 이들의 이야기는 마무리된다.

인간에게 중요한 것은 물질적인 것이 아니라 인간과 인간 사이의 사랑이라는 선물, 소설에서가 아닌 요즘 현실에서도 이렇게 부부간에 애틋한 사랑이 담긴 따듯한 부부애가 존재할까 궁금하다.

주위에 있는 모든 것은 선물이다. 생명이 있는 작은 풀꽃들, 하늘에 흘러가는 구름, 밝은 태양, 바람소리를 들려주는 나뭇잎 소리, 뒤뚱이며 걸어가는 아가의 모습, 바라만 보아도 즐거운 모습들이다.

무엇과도 바꿀 수 없는 가장 소중한 선물, 그것은 오늘 하루도 무사히 보내며 편안하게 잠들 수 있는 은혜로운 시간들이 아닐까. 자식은 선물 부모는 보물이라고 하지 않는가.

건강한 모습으로 밝은 내일을 맞이할 꿈을 갖고 행복한 새해를 맞이하자.

# 가을의 연인

요즘 필라델피아의 계절은 고운 빛으로 물들여진 가을이다.

화려한 패션쇼가 거리에서 열렸다. 크고 작은 나무들이 원색의 옷을 입고 자랑을 하듯 거리에서 마을에서 활보를 하고 있다. 키 큰 나무들의 멋스러운 자태가 걸음을 멈추게 한다. 원색의 옷으로 갈아입으며 관객들에게 찬사를 받고 있다. 작은 나무들은 뒤에서 자기 차례를 기다리며 발돋음을 하고 있다.

아직은 녹색의 모습으로 대열에서 벗어나 그들을 바라보고 있는 나무들도 있다. 계절의 떠남이 아쉬워 자기만의 특성을 지키듯 반듯하게 서서 동료들을 지켜보고 있는 듯하다.

마지막 삶의 길을 정리하듯 최상의 화려한 모습으로 옷을 갈아입고 꿋꿋하게 관중을 바라보며 손을 흔들고 있다. 관중들의 찬사를 받으며 밝은 태양 아래 웃음을 보낸다.

며칠이 지났다. 잠간 사이에 갈색으로 옷을 갈아입더니 우수수 낙엽이 지며 풀밭에 몸을 떨구고 있다. 바람이 지나갈 때마다 그들의 몸에서 옷자락이 하나들 벗겨지며 아름다운 모습이 금세 사라졌다.

바람이 세차게 불 때마다 심호흡을 하듯 몸을 움츠리며 자신의 몸을 지탱하고 있다. 화려한 날들이 금세 지나갔다. 인생무상이란 말이 그들에게도 적절히 쓰여지고 있는 듯 안타까운 마음이 들었다.

그들이 떠난 자리에 앙상한 나무들 사이에서 자주빛 작은 꽃을 가득 담고 있는 붉게 물든 나무들이 곳곳에서 무리를 지어 나타났다. 관객들의 찬사를 받으며 가을을 지키고 있었다.

이슬비가 조용히 내렸다. 그들은 포옹을 하듯 서로 의지하며 꿋꿋하게 버티고 있었다. 며칠 후에 하얀 눈이 내렸다. 눈을 맞으면서도 자기의 붉은색을 지키고 있었다. 흰 눈 속에서 더욱 아름답게 빛을 보여주었다.

모든 만물은 역경 속에서도 자기만의 개성을 고수하며 꿋꿋하게 살아나가는 인내력이 있는 듯하다. 자연은 한 계절을 보내며 지금 앞에 오고 있는 다른 색의 계절을 맞이하려 바쁘게 준비하고 있다.

그들은 또 다른 패션쇼를 준비하고 화려한 거리의 풍경을 기획하며 펼쳐 보일 듯 조용히 움직이고 있는 듯하다.

머지않아 모두 하얀색의 옷을 입고 깨끗하고 화려한 순백의 무대를 펼쳐 보일 것이다. 조용하면서도 바쁘게 움직이고 있는 듯 조금씩 빠르게 변화하고 있었다.

# 새해의 소망

새해 첫날의 시작은 일 년을 보내는데 중요한 지침이 된다.

아침을 열면서 길고도 짧게 느껴지는 한해를 향하여 힘차게 첫발을 내딛는다. 밝고 신나는 언어로 웃음과 함께 기분 좋게 출발을 하자고 다짐한다

밝은 음색의 소리를 만들며 정성어린 언어로 서로 즐거운 대화를 하면 고운 말은 꽃이 되고 좋은 말은 인생을 바꾼다. 아침에 시작되는 첫마디는 가장 소중하기에 밝고 신나는 긍정적인 말로 하루를 시작하려고 마음에 둔다.

'오늘은 어제 사용한 말의 결실이고 내일은 오늘 사용한 말의 열매'라는 말이 있듯이 내가 한 말은 모두 나에게 영향을 미친다.

우리는 긴 세월을 보내면서 기억력의 무게나 부피가 가벼워지며 머릿속의 중량이 변화하고 두뇌에도 변화가 온다. 그래서 생각이 길을 잃어 잠시 헤매는 시간을 보내기도 한다. 요즈음 '생각도 일회용'이란 말을 서슴없이 자주 하게 된다.

말에는 각인 효과가 있다. 같은 생각과 언어를 반복하며 어린 아이들의 학습방법처럼 매 순간 기억의 창고에 정성들여 저장을 하고 생각이 빛바래지 않도록 밝은 음색을 만들어보려 애쓴다. 긍정적인 언어로 서로 즐거운 대화를 하며 기억을 살리고 웃음을 날리자. 때로는 침묵을 지으며 눈으로 말하고 미소의 언어로 소통도 하려 노력한다. 침묵은 최상의 언어이다.

기후에 사계절이 있듯이 인생에도 사계절이 있다. 우리는 젊은 시절을 여유롭게 보낼 사이도 없이 시간이 빠르게 흘러갔다. 누런빛으로 익어가는 벼 이삭을 바라보며 가을에서 겨울로 들어서는 삶의 계절을 떠올리게 된다. 사계절을 지내며 모든 계절이 주고 있는 자기만의 특색이 있고 아름다움이 있는 자연의 변화를 우리의 삶에 접목시켜 보기도 한다.

사계의 계절, 자연의 변화 속에 살며 우리 인생 삶의 사계를 생각한다. 돌아보면 아름답게 펼쳐진 계절이 있고 혹한의 계절도 있다. 모두 개인마다 자기만이 가지고 있는 색상으로 그려진 계절 그림이 존재하며 자기의 삶이 담겨진 사계가 있다는 생각을 한다.

탈무드의 명언에 '승자는 눈을 밟아 길을 만들지만 패자는 눈이 녹기를 기다린다'라고 했다. 생각의 지혜를 넓히며 앞으로 남아있는 짧은 시간의 계절을 귀하게 여기고 현명하고 굳건하게 걸어가야 된다는 마음을 갖는다.

창으로 따듯한 햇빛이 들어오고 있다. 창밖 길가에 빛바랜 낙엽들이 구르고 몸을 움츠리며 걷는 사람들의 모습도 보인다. 긴 세월이 빠르게 가버린 듯 아쉬움이 있지만 아직도 많은 날들의 사계가 우리 앞에 기다리고 있다.

한 계절이 지나면 다음 계절을 기다리게 되고 그렇게 사계절을 보내면서 우리는 삶의 긴 끈을 잡고 이어가고 있다. 그 끈에는 늘 희망이라는 밝은 빛이 존재하기 때문이다.

햇빛이 숨어버린 창밖의 겨울 풍경을 바라보았다. 건너편 창가에 불빛이 하나둘 밝혀지며 움직이는 삶의 그림자가 보였다. 스산한 바람이 더욱 세차게 불고 있다. 실내에 잔잔하게 음악이 흐르며 마음의 평안을 갖게 했다.

새해를 맞이하며 우리 모두 사랑하는 가족과 친근한 이웃들과 밝은 대화를 나누면서 소망하는 일들이 모두 이루어지고 활력 있는 한 해가 되기를 소망한다.

# 펜실베이니아로 가는 길

오래전에 자주 가던 길, 1시간 거리로 나들이를 했다.

가을이 짙어졌는데도 날씨가 따뜻하고 시원한 바람이 불어온다. 나뭇잎들은 기분이 좋은 듯 가볍게 소리를 내며 모두 잔잔한 율동을 보여주고 있다.

도로에는 많은 차들의 행렬로 속도를 내지도 못하고 정체되어 교통이 마비되는 상황이다. 휴일 나들이를 하는 사람들로 인산인해이다. 차의 주차공간도 찾기 어려웠다. 힘들게 주차를 하고 강가로 나왔다.

잔디밭을 걸어 강가 의자들이 놓여있는 피크닉 장소에 앉았다. 잔잔히 흐르는 강물 위로 지나간 시간들이 함께 흐르고 있다.

넓은 잔디밭에서 게임을 하는 젊은이들의 웃음소리가 경쾌하게 들렸다.

필라델피아 미술관이 보이는 페어마운트 공원, 몇 년 전 봄날에 벚꽃이 만발한 나무 아래 벤치에 앉아서 휴식을 즐기며 사진을 찍은 기억이 새롭다. 그때는 봄이었고 지금은 짙은 가을, 귀여운 강아지 럭키가 제 세상을 만난 듯 신나게 잔디밭을 질주하고 있다.

미술관 건물을 바라보며 옛 생각에 잠겼다. 그해 필라델피아 미술관에서 3개월을 거쳐 한국문화를 소개하는 조선미술대전이 열렸었다. 특별전이기도 했지만 전관에 걸쳐 스케일도 크고 귀중한 국보급 보물들과 유물들이 많이 전시되어 한국미술의 정수를 보여주었고 방문객들에게 많은 찬사를 받았다. 고딕체로 쓰여진 'KOREA'란 영문자가 흰 벽면에서 그리고 붉은 카펫 위에서 움직이는 하나의 예술품으로 보였다. 세계 속의 한국문화가 자랑스러웠다.

'코로나'로 인해 몇 년을 못 오고 또 여러가지 사정이 생겼다. 오랜만에 이곳을 다시 찾아온 것 같다. 시간이 흘러도 모든 건물은 그대로 있고 주변 나무들은 튼실하게 자라서 울창하게 숲을 이루며 존재하고 있다.

임시 레스토랑을 열고 관광객을 맞이하는 곳 카운터에서 티켓을 끊고 풀밭 테이블 의자에 앉았다. 딸 부부와 함께 지난 옛이야기를 하며 정담을 나누었다. 아직도 젊은이들은 활기차게 게임을 즐기고 있다. 사람들은 벤치에 앉아 강물을 바라보며 담소를 나누고 있다. 밝은 웃음이 흐르는 강물 소리와 함께 공중으로 날아다닌다.

우리는 팝콘과 함께 시원한 맥주를 마시면서 유유히 흐르는 강물을 바라보며 아련한 추억을 되새김하듯 펼쳐보았다. 크게 자란 나무들, 그 가지들 사이로 바람이 지나며 소풍을 나온 듯 정겨운 풍경을 보여주었다.

지난 세월이 얼마 아닌 것 같은데 길고 긴 날들이 지나간 것처럼 다른 감정을 느끼게 했다. 왠지 쓸쓸하고 공허하게 젖어드는 마음이었다.

미술관 건물을 바라보며 큰 도로로 나왔다. 대학교에서 내년 첫 학기부터 제2 외국어로 한국어가 결정되었다는 무엇보다도 기쁜 소식을 전했다. 대학교와 주재 한국 대사관에 건의를 하여 성사된 것이라 생각되었다. 국가적인 차원에서 보람되는 일이 아니겠는가.

어느 곳에서나 모든 것은 각자 자기가 열심히 성실하게 하는 대로 뜻이 이루어진다고 믿는다.

계절이 몇 번 바뀌고 사회활동을 하는 2세들을 보며 자랑스럽고 미소가 지어진다. 한편으로는 나의 삶이 많이 지나갔고 길게 이어지고 있다는 생각도 했다. 딸과 아들의 가족, 혈육들이 모두 건강하기를 바랄 뿐이다.

# 파리의 노트르담 대성당

2017년 4월 봄이 시작될 때 우리는 파리로 가는 유럽여행이 시작 되었다. 모네의 마을로 가는 기차를 타고 모네와 만나고 돌아와 다음 날부터 일주일간 센 강변을 걸으며 긴 시간을 보냈다. 산책을 하면서 에펠탑도 가고 파리 시내를 다녔다.

시테섬으로 가서 노트르담을 찾아가며 또 걸었다. 작은 다리와 강변의 풀밭에 젊은이들이 모여앉아 노래를 부르며 파릇한 봄처럼 젊음을 보여 주었다.

웅장한 노트르담 대성당의 종탑. 높은 성당의 전면에는 섬세한 문양의 조각품이 가득 새겨있다. 1163년 모리스드 쉴리 주교에 의해 착공되어 1330년 완공된 대성당, 로마 시대부터 성스러운 장소로 잔 다르크의 명예회복 재판, 나폴레옹 대관식이 열린 다양한 역사적 사건의 중심지며 그 주인공들의 영혼이 함께 숨 쉬는 곳이다.

마침 미사를 드리는 시간이었다. 행운이었다. 깊고 장엄한 오르간의 성가가 성당 안에 가득 울려 퍼지며 모든 신자들을 숙연하게 했다. 노트르담의 종교예식에 연주되는 상징적이고 웅장한 미사 전례곡들을 여행자들도 한 번 쯤은 꼭 듣기를 원한다.

미사를 드리며 성체도 모시고 기도를 하며 성스러운 시간을 맞이했다. 여행중 성당 미사 시간에 참여할 수 있는 행운은 큰 기쁨을 안겨준다. 촛불을 켜며 사랑하는 그분의 은혜로움에 깊이 감사하는 마음이었다. 장미꽃 문양의 스테인드글래스를 통해 들어오는 빛의 조화는 신비스러웠다.

빅토르위고의 소설인 〈노트르담 드 파리〉와 노트르담 사원은 하나의 몸체처럼 많은 사람들에게 깊이 새겨있다. 종탑에 자신을 숨긴 채 밖의 세상으로 나가기를 열망하는 종지기 콰지모도와 집시여인 에스메랄다를 향한 애절하고도 헌신적인 사랑, 비극으로 끝나는 명작을 떠올리며 높은 탑을 바라보았다. 그 배경이 되는 노트르담 성당을 보는 마음은 깊은 여운을 남겼었다.

파리 여행을 다녀온 2년 후였다. 2019년 4월, 노트르담 대성당

화재로 발생한 불은 전 세계를 충격에 빠뜨렸다. TV로 역사적인 건축물이 불길에 쌓여 무너지는 첨탑을 보며 참담했다. 밤하늘로 피어오르는 두꺼운 연기 기둥은 믿을 수 없게 만들었고 그 영상을 보며 안타까웠다.

첨탑은 무너지며 비극적인 최후를 맞이했다. 성당 내부에 소장되어 있던 미술품, 유물, 종교 유물 등이 회복할 수 없는 피해를 갖게 되어 세상의 모든 사람들에게 안타까움을 안겨주었다.

파리 여행을 하며 깊은 여운이 남았던 노트르담 대성당이 오래도록 마음에 깊이 남아있다. 유럽의 여러나라를 여행하면서 또는 해외 여행을 할 때면 되도록 성당 미사에 참여한다. 미국의 가톨릭 대성당도 유럽의 성당과 같은 모습으로 웅장하게 건축이 되어있다. 경건한 마음을 갖게 하며 신자들을 맞이한다.

종교란 무엇일까. 무엇보다도 인간구원을 가장 큰 의미로 둔다. 나의 마음을 잡아주고 구원하는 신의 존재를 부정하지 않고 믿는다. 믿음을 꿋꿋하게 지켜주며 잘못을 바로 일깨워 주는 신에게 깊이 감사드린다. 종교를 갖는 것은 자신의 잘못을 뉘우치고 반성할 시간을 갖게 하며 자신을 올바로 서게 하는 지침목이라 생각한다.

모든 다른 종교도 마찬가지겠지만 같은 신앙을 가진 사람들은 따뜻하게 서로 믿음으로 마음을 나누며 친숙해지면서 교감을 갖게 된다. 한동안 건강에 문제가 있어서 오래도록 미사에 참여하지 못해 TV 미사를 보며 안타까운 마음이었다.

매주 주일 미사에 참석하며 성당에 들어서면 평소에 느끼지 못하는 경건함과 친숙한 마음으로 늘 뿌듯했다.

어둠이 서서히 내리고 있다. 옅은 불빛을 받은 성당 모습은 어둠 속에서도 웅장하게 빛나며 우뚝 서서 세상을 지켜주고 있었다.

# 멈춰버린 시간

명동성당 앞의 언덕길을 내려왔다.

가는 빗줄기가 우산의 색상을 아름답게 적신다. 빗줄기 사이로 조금 전에 만난 신랑 신부의 행복한 모습이 보인다. 사람이 별로 없는 토요일의 명동 거리를 걸으며 옛날을 회상했다.

자주 들렀던 좁은 골목길 안 찻집, 단골 양장점, 수제화 구둣가게, 왼쪽 골목 안에 있는 빈대떡 막걸리 집과 이층의 호프집, 같은 과 친구들과 떼를 지어 몰려다니면서 소란을 피우던 곳이다. 많은 새 건물들이 단장을 하고 있었지만 아직도 옛 모습 그대로 보여 주고 있는 상점들이 있어서 반가운 마음이 들었다.

지금 그 친구들은 어떻게 지내고 있을까. 그 친구 중의 한 명이

국회의원이 되었을 때 연락이 되어 몇십 년 만에 재회의 만남이 있었는데…

작은 손수레에 가득 담긴 붉은 장미꽃 송이들도 여전했다. 어둠이 내린 길가, 장미송이들은 웃음과 낭만과 사랑이 담긴 젊은이들을 연상케 했다. 그 거리의 명물로 꼽히던 삐에로 아저씨가 코를 내밀고 내 앞에 나타날 것만 같다.

그 친구들도 지금 이 거리를 생각하고 있을까. 쉼 없이 내리는 비 때문인지 자꾸만 눈물이 나오려고 한다. 뿌연 잿빛 하늘을 바라보았다.

연극을 즐겨보던 국립극장 자리를 지날 때는 마음이 쓸쓸해지기도 했다. 연극 무대에 섰던 기억이 난다. 가끔 새로운 일에 도전한다는 것은 두근거리는 설레임과 스릴감을 동반한다. 느슨해진 자신을 추스르는 커다란 계기가 된다고 생각한다. 연극에 관심을 갖게 된 것은 어린 시절에 있었던 많은 추억 때문일 것이다.

초등학교 시절 내가 다녔던 학교는 매년 실시하는 전국 연극제에서 번번이 상을 받았다. 연극제가 끝나면 나는 신데렐라가 되어 있었다. 학교 복도에는 여러 모습의 흑백사진 속에서 웃고 울고 하는 모습을 보여 주었다.

창밖으로 보이는 비 오는 날의 거리가 유난히 정겹게 보인다.

밝은색의 높은 현대식 빌딩 숲 사이로 웅크리고 있는 빛바랜 작은 건물들도 보였다. 이제 비는 조금씩 내리고 잿빛 구름도 서서히 걷히며 사이사이로 파란 하늘이 모습을 보여 주었다.

쨍그르 구르는 금속성의 소리가 들렸다. 눈부신 스포트 라이트 속에 독백을 하며 서 있는 나를 본다. 옆에 있는 사람의 장신구가 떨어져서 무대 아래로 구른다. 당황하여 어쩔까 망설이는데 그녀가 여유 있게 집어든다. 창밖을 보며 조용히 웃음이 나왔다.

마흔이 조금 지났을 때 우연히 소극장 연극무대에 다시 섰다. 처음에는 망설였지만 이번이 마지막이라고 생각했다. 대본을 받고 연습을 할 때는 잠재해 있던 끼가 서서히 살아나 움직이기 시작했다. 두려웠던 눈빛은 점차 열정으로 가득 찼다. 빈 객석을 바라보며 연습을 하지만 관객이 나를 보고 있는듯한 착각속에 빠져들었다.

석달 넘게 강행군으로 연습을 하고 공연하던 첫날, 강렬한 스포트라이트를 받으며 예상외로 성공리에 막을 내렸다. 소극장이라는 곳은 참 재미있는 연극무대이다. 관객과 출연자가 직접 얼굴을 마주 보며 호흡을 나누면서 감정을 느끼기 때문에 그 일체감과 열기가 대단하다.

관객과 무대 사이에 호흡이 일치한다는 것은 중요하다. 비가 주룩주룩 내리는 장마철인데도 객석은 매번 가득 찼다. 각 라디오, TV 방송국에서 인터뷰가 계속되며 방송을 본 옛 친구들과 새롭게 만나는 계기가 되었다. 나는 어떤 일에 몰두하면 열정이 식을 줄 모르고 늪에 빠져있듯 한동안 헤어 날 줄 모른다. 아주 가끔 그렇게 자신의 내면세계를 분출하기도 했다. 한여름 밤의 꿈처럼 그해 여름은 짧게 지나갔다.

가끔 연극을 보러 간다. 그들의 표장을 읽으며 나와 그를 일치시켜 가며 보기도 한다. 인생은 연극이고 잠깐 사이에 막은 내리게 되어 있다. 그렇게 지나가는 것이라고 생각한다.

차는 덕수궁 앞을 지나고 있다. 연못가의 탐스런 보랏빛 등꽃을 생각했다. 전시회를 본후, 등나무 아래 앉아 연못을 바라보고 있었는데…

잠수교를 건너는 차들을 보며 창문에 기댄 채 흐르는 강물을 바라보았다. 자꾸만 눈이 감긴다. 무대 뒤에서 합창이 울려 퍼지며 막이 오른다. 높은 무대 위에서 루루와 나나를 외치는 당번 개미의 노래 소리에 퍼뜩 정신이 들었다. 왠 어릴 때의 연극무대가 비몽사몽간에 짧은 꿈을 만들다니…

빗방울은 멈추었다. 강 건너 새로 단장한 보금자리 나의 아파트가 시야에 들어왔다. 많은 영상 속에 길고도 짧은 하루가 조용히 지나갔다.

# 특별한 생일상

요즈음 시간은 너무 빠르게 가고 있다. 옛날이나 지금이나 다름없이 하루는 24시간인데 왜 느낌은 다를까.

한해가 떠나면서 곧 계절이 바뀌며 봄이 찾아왔다. 푸른 새싹과 봄꽃들이 보여주는 싱그러운 꽃 잔치를 보며 모두 들 즐거워한다. 꽃들도 바쁘다. 빠르게 피고 지며 환호하는 소리를 듣는 기쁨도 잠깐, 그 사이에 계절이 바뀐다.

여름 장마에 시달리다 보면 여름도 금방 끝나고 서늘한 가을로 가고 있다. 가을 단풍을 바라보는 것도 한순간, 세차게 부는 바람 속에 낙엽들은 이리저리 거리에서 방황하며 길을 헤맨다. 이미 계절은 겨울로 가고 있다. 나만 이렇게 계절을 빠르게 보내고 있는 것일까.

아들은 주말에 이모 부부와 가족을 초대하여 호텔에서 작은 모임을 가졌다. 미리 생일상을 차려주는 날이었다. 모두들 옛 이야기를 풀어 놓으며 웃음꽃이 피었다. 하루가 빠르게 가고 있다고 한걱정을 하니 모두 같은 생각이라고 한다. 한동안 나이를 의식하지 않고 지냈는데 문득 돌아보니 긴 세월이 지나갔다. 여러 가지 익숙해진 일들을 현실에 맞게 변화를 원하며 바꿔 보려고 하지만 쉬운 일이 아니었다.

아침 기상 시간이 다른 사람보다 유난히 늦다. 밤에 여러 가지 일을 마무리하다 보니 밤의 시간이 금방 지나간다. 그동안 익숙해 져서인지 뜻대로 잘 고쳐지지 않는다. 처음부터 생활 시간표를 계획성 있게 세워야 되는데 이제는 바꾸기가 쉽지않다.

아침 일찍 아들에게서 전화가 왔다.

"어머니 ~ 잠시 후에 어머니 생일상 가요."

"응? 엊그제 미리 받았는데 무슨 생일상을 또 받나 ~"

의아해서 묻는 말에

"오늘은 진짜 생신이니까요," 두 사람 함께 웃었다. 잠시 후에 현관 벨이 울렸다. 문을 열어보니 젊은 총각이 예쁜 꽃다발과 함께 따뜻한 온기가 있는 큰 짐을 전해준다.

식탁에서 조심스레 열어보니 거창한 상차림이었다. 아직도 뜨거운 그릇에 담긴 하얀밥과 미역국, 갈비찜서부터 전복찜, 튀김, 여러가지 전, 그리고 나물들 기타 등등 식탁에 가득하다. 금방 해온 듯 음식 모두가 뜨겁게 되어있었다.

2세들이 또 생일상을 차려주었다. 요즈음 바쁜 생활에 맞추어 생일상 차림의 고급 전문점이 생긴 것 같다. 자손들이 시간이 맞지 않고 외국에 있기도 하고 여러 가지 일들이 있으니 미리 예약하여 생일날 받아보게 하는 행사로 본다.

모든 것은 시대의 흐름에 맞추어 세련되고 품격있게 변화되고 있다. 올해 생일에는 미리 호텔에서 한 번 그리고 집에서 이렇게, 두 번의 생일상을 받는 날들을 보냈다.

아들은 바쁜 업무 중에도 전화하며 매주 주말이면 시간을 내어 함께 맛집을 찾아 외식도 한다. 때로는 영화관을 가기도 한다. 이렇게 매주 빠짐없이 하루를 보내준다는 것은 어려운 일이라 생각된다.

외국에 있는 첫째도 매일 같은 시간에 전화를 하며 소식을 전한다. 자연스럽게 길들여진 하루의 일과가 되었다. 이제 전화가 오는 시간이 늦으면 걱정이 되어 조바심이 난다.

우리의 삶은 성장하며 각자 자기만의 일상생활로 많은 시간을 바쁘게 지낸다. 가족이란 큰 울타리가 있지만 나름대로 다시 작은 가족을 이루며 삶이 형성된다.

행복한 가정은 더 큰 행복한 사회를 이루며 발전하게 된다.

기온이 내려가며 다음 계절로 가고 있다. 우리 모두 건강과 함께 소망하는 모든 일들 이루어지기를 바라며 오늘도 기도를 드린다.

# 녹색의 작은 정원
## - 정원 지킴이 아보카도

넓은 창으로 푸른 잎들이 시원스럽게 보인다.

그 옆에는 작은 꽃들이 햇빛 아래 눈이 부신 듯 고개를 숙이고 붉게 물들고 있다. 예뻐서 사들인 꽃들은 10년 넘게 피고 지며 자기 몫을 다하고 있다. 녹색의 나무들은 햇빛을 받으며 큰 잎들과 함께 쑥쑥 자라면서 자기의 키를 키워가고 있다. 우리집 정원이라면서 이웃들에게 자랑을 많이도 했는데 요즘 그 모습이 변해버렸다.

나는 해마다 미국 뉴저지와 펜실베이니아로 가서 가족들과 지내다 왔다. 아이들 자라는 모습도 보고 혈육의 정을 나누며 많은 곳을 함께 다니면서 평소에 나누지 못하는 정담을 나누며 시간을 보냈다.

11년 전으로 생각된다. 그해 봄에 미국을 방문했을 때였다. 10개월 된 어린 손녀가 기특하게도 잘 먹는 과일이 있었다. 아보카도였다. 아기의 먹는 모습이 신통하기도 하고 어여뻐서 둘이 마주 앉아 웃으며 즐겁게 먹었다. 그 이후로 좋아하는 과일이 되어 오늘날까지 식탁에서 떠나지를 않는다.

아보카도 씨앗은 다른 과일보다도 씨가 유난히 크고 예쁘게 생겼다. 매번 버리기가 아까워 4월 어느 날 깨끗이 닦아 빈 화분에 심었다. 보름쯤 지났을까 연두빛 새싹이 모습을 보이더니 날마다 쑥쑥 잘 자랐다. 보름 정도 되니 여리긴 하지만 제법 작은 나무 모습이 되어서 조그만 잎들도 숫자를 키우며 자라기 시작했다. 날들이 지나면서 신통하게도 옆 가지까지 나왔다.

그 모습을 보며 신기하고 즐거워서 튼실하고 예쁜 씨앗을 골라 연달아 심기 시작했다. 이삼 년 지나니 아보카도 8형제가 베란다 정원에서 건강하게 자랐다. 주위에 자랑도 하며 열심히 키웠는데 햇빛과 기후가 맞지 않아서인지 꽃은 피지 않았다. 꽃이 피어야 열매도 맺을 터인데 열대성 기후가 아닌 우리나라 온도가 맞지 않는지 소식이 없다.

사랑하는 아보카도 소식을 들은 친구들과 주위에서도 건강한 씨를 골라 심기 시작하며 밝은 음성으로 기쁜 소식을 전해왔다.

우리 집 작은 정원에는 아보카도가 대가족이 되어서 예쁜 씨를 심는 것을 멈추었다.

베란다 정원으로 나오면 다른 꽃 화분들과 어우러져 풍성한 정원을 만들며 시원한 잎들이 즐거움을 주었다. 8형제가 서로 자랑하듯이 옆으로 가지들을 키워가며 어찌나 잘 자라는지 나보다도 키가 더 크게 자랐다. 지금 손녀가 11살이 되어 예쁜 모습으로 자랐는데 아보카도도 함께 나이를 따라가며 잘 성장하고있다.

우리의 삶도 같다고 생각했다. 태어나는 아기가 체중이 크며 우량아이면 대개의 건강한 모습으로 성장도 빠르며 잘 자라고 있다. 모든 생명체는 기본 씨앗이 건강하고 튼실해야 그만큼 성장도 빠르고 쑥쑥 커나가는 것이 같은 이치라고 생각된다.

코로나로 몇 년, 그리고 생각지 않은 일들로 아이들 만나러 가는 날들이 멈추어졌다. 지난해 겨울 갑자기 출국 결정이 되어, 베란다에 있는 나의 아기들을 생각하며 몸살을 앓았다. 긴 날들 보살펴 줄 사람이 없었다. 마침 화초를 좋아하는 이웃이 찾아와서, 몇 가지 작은 화분들과 막둥이 아보카도 화분 하나를 남기고는 모두 그분에게 입양을 했다.

아쉬움과 서운하고 안타까운 마음은 많았지만, 나의 분신과도 같은 생명체를 그냥 무심하게 버려둘 수는 없었다. 엘리베이

터가 마지막 문을 닫고 떠날 때 마음이 슬프고 안타까웠다. 손을 흔들며 이별을 했다. 11년 넘게 함께 시간을 보내며 사랑한 아이들인데 ~ 지금 그곳에서 잘 자라고 있는지 궁금하기도 하지만 소식을 모른다.

막둥이 아보카도 나무는 남겨진 작은 꽃 화분들 옆에서 그들을 지켜주듯이 우뚝 서서 큰 잎을 키우며 꽃 식구들을 잘 보살피고 있다.

창문으로 밝은 햇빛을 받으며 모두 잘 자라고 있다. 매일 아침 저녁으로 '굿모닝! 굿나잇!' 꼬마들에게 인사를 나누며 하루를 시작하고 마감한다.

# 워싱턴에서

차는 길게 이어진 고속도로를 빠르게 달리고 있다.

도로변에 줄지어 선 나무들은 하늘을 향해 가지들을 키우며 울창한 숲을 이루고 있다. 곱게 물들고 있는 나뭇잎들은 서로 손잡고 풍성한 모습으로 가을 풍경을 그려주며 바람과 이야기를 하는 듯 작은 율동을 보여주고 있다.

나는 밤낮이 바뀌어서 아직도 비몽사몽 꿈속에서 헤매고 있다. 몇 년 사이에 주변의 자연도 많이 변했고 내 마음도 느슨해진 것을 느낀다. 모든 것이 세월의 흐름에 동참하며 의식하지 못한 채 서서히 변해가고 있었다.

4시간이라는 긴 시간을 달리며 지나온 이야기들이 끝없이 펼쳐졌다. 삶의 역사가 즐거운 추억이 되어 웃기도 하고 아픔으로 남기도 했다. 시내로 들어섰다. 며칠 전에 호텔 이름이 바뀐 것을 몰라서 우리뿐만 아니라 방문객들 모두 근처를 한참 헤매었다.

주차를 한후 로비에서 수속을 마치고 키에 적힌 번호로 찾아 들었다. 호텔 이름이 보여주는 그대로 세련되고 산뜻한 실내로 들어서며 기분도 좋아졌다. 오후 3시부터 학회가 시작되며 늦게 끝난다고 한다.

마침 이곳에 해외에서 형제처럼 지낸 절친한 가족이 연락되어 점심식사를 함께 하기로 했다. 그분의 사위가 운영하는 분위기 좋은 세련된 레스토랑, 그곳에서 파스타, 피자와 곁들여 와인 한잔까지 하며 지난 이야기가 펼쳐졌다. 딸이 다음 달에 출산을 한다는 소식을 전하며 그는 목이 메었다.

지난해 부인이 세상을 떠났다. 나도 눈물이 고이며 안타까운 마음이 들었다. 명랑하고 선한 성품에 매사에 긍정적인 마음을 가진 그녀와 함께 서울에서도 자주 만나며 지냈었다. 갑자기 찾아온 병마로 하늘나라로 떠났다. 떠나는 날 이곳 병원 병상에서 마지막 통화를 하며 남긴 안타까운 모습이 떠오른다.

우리의 일생에는 생각지도 못한 일들이 갑자기 찾아와서 가족

모두 슬픔에 젖게 한다. 옛이야기는 한동안 이어졌다. 건강하게 자란 손녀와 함께 마음을 추스르고 잠시 웃으며 분위기가 밝게 피어올랐다. 저녁 식사를 함께하자고 하였으나 다음으로 미루고 우리는 헤어졌다.

우리의 삶은 어느 곳으로 흘러갈지 예측할 수가 없다. 따스한 계절도 있지만 기후의 변동처럼 생각지도 못한 일들이 갑자기 사나운 폭풍우가 되어 고통스런 시기를 보내기도 한다. 아련한 추억들이 떠오르며 많은 생각에 잠겼다.

발표를 마친 딸이 잠에 푹 빠진 나를 깨우며 회의장 분위기를 전하면서 많은 이야기를 들려주었다. 분위기에 동화되며 울적했던 마음이 풀어졌다.

다음 날 아침, 뷔페로 차려진 아침 식사를 했다. 커피와 함께 아침 식사를 한 후 객실로 돌아온 나는 편안하게 휴식시간을 갖고 메모정리를 하다 깜박 잠이 들었다.

오후에 학교에서 미팅이 있다고 하여 우리는 빠르게 짐을 정리했다. 짧은 시간이었지만 호텔 분위기에 젖어 편하게 휴식을 취한후 그곳을 나왔다.

호텔 로비 벽면에 어제 회의 장소에서 발표한 모습 사진들이 붙어 있어서 그 분위기를 보며 웃음이 나왔다. 여직원이 몇 커트 사진을 찍어주어 인사를 나눈후 우리는  가벼운 마음으로 그곳을 떠났다.

워싱턴 시내의 화려한 빌딩들, 수많은 차들의 행렬, 그 거리를 지나면서 벚꽃이 가득 핀 계절에 백악관 잔디밭을 산책하며 박물관 관람하면서 보냈던 날들이 떠오른다.

집으로 돌아오는 길, 트레픽으로 차가 밀리며 시간이 지연되었다. 도중에 차를 세워놓고 전화로 미팅에 참여하며 한 시간을 보냈다.

미국에서 생활을 하는 사랑하는 자식들, 어느 날 아들이 한 이야기가 문득 생각났다. "엄마! 모든 것 정리하고 우리와 함께 이곳에서 살까요." 난 잠시 생각이 머무르다 웃음을 지으며 말을 아꼈다.

나를 생각하는 깊은 마음을 모를 리가 있겠는가. 우리나라를 떠나서 다른 곳에서 생활한다는 것을 마음에 담아 둔적이 없었다. 우리나라에서 그냥 끝까지 정착한다는 신념이 있다.

집에 도착하니 강아지 러키가 반긴다. 낯을 가리지 않고 왕왕 짖지도 않으며 신기하게도 잘 안기면서 따른다. 안주인과 느낌이 비슷하게 느껴지는지 금방 친숙하게 지냈다.

무릎에 눕기도 하고 안기기도 하며 다정스럽게 따른다. 두 사람에게서 공통된 느낌을 받으며 나름대로 이해를 했는가 보다.

이틀간의 바쁜 스케쥴에 따라 새로운 시간을 보냈다.

나의 젊은 시절을 떠올리며 잠시 쓸쓸한 마음이 지나가기도 했다. 지나간 시간은 그 나름대로 아름다운 추억들도 많이 담겨 있다.

박명순 에세이

새로운 무대 - Turning point

인　　쇄 2024년 11월 25일
초판발행 2024년 12월　3일

지은이 박명순
펴낸이 박명순
펴낸곳 도서출판 문학시티

등 록 제22-2311호
등록일 2003년 2월 25일
주 소 서울시 중구 창경궁로 1길 29 (3F)
전 화 031)717-2549
팩 스 031)718-2549
이메일 munhakmedia@hanmail.net
공급처 정은출판 (02)2272-9280

ISBN 978-89-91733-77-0(03810)

* 책 값은 뒤표지에 있습니다.
* 잘못된 책은 바꾸어드립니다.